威尼斯的小艇

（美）马克·吐温◎著 张友松等◎译

长江出版传媒 | 长江文艺出版社

目录

从"幽默"说起

——《威尼斯的小艇》导读

浙江省江山市城北小学校长/毛园丽

说起马克·吐温，你会想到什么呢？幽默的语言风格，荒诞的夸张，还是辛辣的讽刺？这个美国作家继承了美国西部的幽默元素，却从来不是为了幽默而创作故事，他的幽默不是独立的，而是和夸张、讽刺相互交融，彼此成就的，正因为如此，他的幽默才是有生命的。现在你看到的这本《威尼斯的小艇》是马克·吐温的一本作品集，全书也只有开篇《威尼斯的小艇》是轻松烂漫的，是优美抒情的，后面的每一篇文章都有着鲜明的马克·吐温式的风格。纵观全书，我们会发现这种鲜明的马克·吐温式的风格有以下特点：

幽默因夸张而生动。"他不管什么都吃。人也吃，《圣经》也吃——人和《圣经》之间的东西，不管什么他都吃。"这就是那头"被偷的白象",有名的督察长布伦特一本正经地做着这些荒唐的记录,从白象的饮食习惯到食量,这些夸张的描写让我们忍俊不禁,督察长处理案件的手法奠定了故事的幽默性。一切不可能发生的事在布伦特眼中是可能的,而布伦特的冷静从容使故事讲述者认为所有这一切都是可信的,即使布伦特骗走了他所有的钱,让他倾家荡产,他仍旧认为布伦特是"全世界空前的大侦探"。夸张!是的,读到故事的最后,我们都会这样认为,但,正是这份夸张,让幽默有了落脚点,让幽默有了生动的载体。《田纳西的新闻界》更是把这种夸张表现得淋漓尽致。记者们互相抨击、互相侮辱,甚至以命相搏,作者把当时社会新闻界的暗潮显性化,并用夸张的语言使一切荒诞可笑的情节更生动。

幽默因讽刺而深刻。美国文学评论家伯纳特·德沃托曾说过:我发现他(马克·吐温)那个时代的弊端很少不被他嘲弄过、讽刺过、讥笑过。马克·吐温作品里的幽默从来不是浮于表面的一笑而过,正如他自己说的那样:为幽默而幽默是不可能经久的。除了开玩笑外,真正的价值是严肃,是对社会弊端的无情的指控。在中短篇小说《百万英镑》里，作者以第一人称的叙述方式，描绘了"我"在身无分文的情况下得到了一张一百万英镑的巨额大钞，拿着这张大钞，"我"经历了各行商人们由嫌弃到奉承的态度转变，社会地位不断上升。故事看起来轻松幽默，实际上却揭露了强烈的悲剧现实，讽刺了资本主义社会的拜金主义思想。再如《被偷的白象》一文，反常识的描写在读者看来荒唐可笑，背后却讽刺了以警局为代表的执法人员只认钱不认人的市侩心理，批判了对金钱狂热追逐甚至丧失人性的社会风气。《田纳西的新闻界》里那些看似乱糟糟的场面描写、《卡拉维拉斯县驰名的跳蛙》中那个嗜赌成命的人物形象……讽刺式的幽默在本书选文中比比皆是，正是因为对丧失人性的社会现实的无情抨击和讽刺，幽默的描写才变得更加深刻。

幽默因正义而温暖。理性的狂欢便是人性的葬礼，马克·吐温是一位真正有大爱的文学家，他不向社会妥协，不向政权低头，他站在人性的角度看待这个世界，关心被压迫的人们，他试图用自己的笔唤醒人们的良知。《狗的自述》是本书中一篇较为特殊的文章，在本文中，马克·吐温以第一人称的形式从一条狗的角度向人们讲述了一个悲惨的故事：作为一条狗，"我"始终牢记母亲的话——好好地尽我们的责任，绝不要发牢骚，要碰到什么日子就过什么日子，尽量顾到别人的礼仪，不管结果怎样……所以，"我"对主人一家忠心耿耿，而"我"的小狗娃却被身为科学家的男主人抓去做实验，最后命丧实验台。这是马克·吐温后期的一篇短篇小说，批评家把马克·吐温的这一时期定义为悲观幽默时期，此时的幽默有别于诙谐，文字背后透露出的是对"人"的失望，而渴望人性的回归则让我们看到了一个真正有温度的作家。

一千个读者就有一千个哈姆雷特，同样，每个人眼里的马克·吐温也是不一样的。但，无论如何，不可否认的是，透过现象看本质，我们看到的是一个为人性的光辉说话的作家，一个优秀的作家不属于一个国家，一个民族，他一定是世界的，是人类的。

威尼斯的小艇

威尼斯是世界闻名的水上城市，河道纵横交叉，小艇成了主要的交通工具，等于大街上的汽车。

威尼斯的小艇有二三十英尺长，又窄又深，有点像独木舟。船头和船艄向上翘起，像挂在天边的新月。行动轻快灵活，仿佛田沟里的水蛇。

我们坐在船舱里，皮垫子软软的像沙发一般。小艇穿过一座座形式不同的石桥，我们打开窗帘，望望耸立在两岸的古建筑，跟来往的船只打招呼，有说不完的情趣。

船夫的驾驶技术特别好。行船的速度极快，来往船只很多，他操纵自如，毫不手忙脚乱。不管怎么拥挤，他总能左拐右拐地挤过去。遇到极窄的地方，他总能平稳地穿过，而且速度非常快，还能作急转弯。两边的建筑飞一般地往后倒退，我们的眼睛忙极了，不知看哪一处好。

商人夹了大包的货物，匆匆地走下小艇，沿河做生意。青年妇女在小艇里高声谈笑。许多孩子由保姆伴着，坐着小艇到郊外去呼吸新鲜的空气。庄严的老人带了全家，坐着小艇去教堂祷告。

半夜，戏院散场了。一大群人拥出来，走上了各自雇定的小艇。簇拥在一起的小艇一会儿就散开了，消失在弯曲的河道中，传来一片哗笑和告别的声音。水面上渐渐沉寂，只见月亮的影子在水中摇晃。高大的石头建筑耸立在河边，古老的桥梁横在水上，大大小小的船都停泊在码头上。静寂笼罩着这座水上城市，古老的威尼斯又沉沉地入睡了。

（张友松　译）

卡拉维拉斯县驰名的跳蛙

　　我的一个朋友从东部写信给我，我按照他的嘱咐访问了性情随和、唠唠叨叨的老西蒙·惠勒，去打听我那位朋友的朋友，利奥尼达斯·斯迈利的下落。我在此说说结果吧。我暗地里有点疑心这个利奥尼达斯·斯迈利是编出来的；也许我的朋友从来不认得这么一个人，他不过揣摩着如果我向老惠勒去打听，那大概会使他回想到他那个丢脸的吉姆·斯迈利，他会鼓劲儿唠叨着什么关于吉姆的该死的往事，又长又乏味，对我又毫无用处，倒把我腻烦得要死。如果他安的这种心，那可真是成功了。

　　在古老的矿区安吉尔小镇上那家又破又旧的小客栈里，我发现西蒙·惠勒正在酒吧间火炉旁边舒舒服服地

— 3 —

打盹，我注意到他是个胖子，秃了顶，安详的面容上带着讨人欢喜的温和质朴的表情。他惊醒过来，向我问好。我告诉他我的一个朋友委托我打听一位童年的挚友，名叫利奥尼达斯·斯迈利，也就是利奥尼达斯·斯迈利牧师，听说这位年轻的福音传教士一度是安吉尔镇上的居民，我又说，如果惠勒先生能够告诉我任何关于这位利奥尼达斯·斯迈利牧师的情况，我会十分感激他的。

西蒙·惠勒让我退到一个角落里，用他的椅子把我封锁在那儿，这才让我坐下，滔滔不绝地絮叨着从下一段开始的单调的情节。他从来不笑，从来不皱眉，从来不改变声调，他的第一句话就用的是细水长流的腔调，他从来不露丝毫痕迹让人以为他热衷此道；可是在没完没了的絮叨之中却始终流露着一种诚挚感人的语气，直率地向我表明，他想也没有想过他的故事有哪一点显得荒唐或者离奇；在他看来，这个故事倒真是事关重大，其中的两位主角也都是在钩心斗角上出类拔萃的天才人物。对我来说，看到一个人安闲自得地信口编出这样古怪的奇谈，从不露笑，这种景象也是荒谬绝伦的了。我先前说过，我要他告诉我他所了解的利奥尼达斯·斯迈利牧师的情况，他回答如下。我随他按他自己的方式讲下去，一次也没有打断他的话。

"从前，这儿有一个人，名叫吉姆·斯迈利，那时候是1949年冬天，也许是1950年春天，我记不准了。不知怎么的，我怎么会想到冬又想到春呢，因为我记得他初来矿区的时候，大渠还没有完工，反正，不管怎么样吧，他是你从来没见过的最古怪的人，总是找到一点什么事就来打赌，如果他能找到什么人跟他对赌的话；要是他办不到，他情愿换个个儿。只要对方称意，哪一头都合适，只要他赌上了一头，他就称心了。可是他很走运，出奇地走运，多少次总是他赢的。他总是准备好了，单等机会；随便提起哪个碴，他都没有不能打赌的，正像我刚才跟你说的，你可以随便挑哪一头。如果遇到赛马，赛完时你会发现他发了财，或者输得精光；遇到狗打架，他要打赌；遇到猫打架，他要打赌；遇到小鸡打架，他要打赌；哎，即使遇到两只小鸟停在篱笆上，他也要跟你赌哪一只先飞走；要是遇上野营布道会，那他是经常要到的，他会在沃克尔牧师身上打赌，他认为沃克尔牧师是这一带最擅长劝善布道的，可也真是的，牧师真是位善心的人。甚至如果他看见一个金龟子在走，也会跟你打赌要多久它才会走到它要去的地方。如果你答应他了，他会跟着那个金龟子走到墨西哥，不过他不会去弄清楚它要到哪儿去或者在路上走多久。这儿的许多小伙子都见过这个斯迈利，都能跟你谈起他的事情。哎，他这个人，什么都要赌，这个倒霉透了的家伙。有一回，沃克尔牧师的老婆得重病，躺了好久，仿佛他们都救不了她了；可是有一天早晨，牧师来了，斯迈利问起她身体怎样，牧师说好多了，感谢上帝无限慈悲，她身子轻松多了，靠老天保佑，她还会好的。斯迈利想也没想先说：'唔，我愿意赌上两块半，她不会好，怎么也不会好的。'

　　"这个斯迈利有一匹牝马，小伙子们管它叫'十五分钟驽马'，不过这是闹着玩的，你知道。尽管它走得这么慢，又总是得气喘啦，马腺疫啦，要不就是肺病啦，还有这个那个毛病的，斯迈利倒常在它身上赢钱。他们常常开头先让它二三百码，然后算它在比赛。可是到了比赛临了那一截，它总是会激动起来，不要命似

的，欢腾着迈步过来啦。它会柔软灵活地撒开四蹄，一会儿腾空，一会儿跑到栅栏那边，踹起好多灰尘，而且要闹腾一大阵，又咳嗽，又打喷嚏，又淌鼻涕，可它总是正好先出一头颈到达看台，跟你计算下来的差不离儿。

"他还有一只小不点儿的小叭儿狗，瞧那样子，你会认为一钱不值，只好随它去摆出要打架的神气，冷不防偷点什么东西。可是只要在它身上压下赌注，它就是另外一种狗了。它的下巴会伸出来，像轮船的前甲板似的，牙齿也龇（zī）出来，像火炉似的闪着凶光。别的狗也许要来对付它，吓唬它，咬它，让它摔两三跤，可是安德鲁·杰克逊，这是那条狗的名字，安德鲁·杰克逊从来不露声色，像是心安理得，也不指望有什么别的，另一面的赌注于是一个劲地加倍呀加倍，直到钱全拿出来了，这时候，猛然间，它会正好咬住另外那条狗的后腿弯，咬紧了不放，不只是咬上，你明白，而是咬紧了不放，直到他们认输，哪怕要等上一年。斯迈利拿这条狗打赌，最后总是赢家。直到有一回他套上了一条狗，这条狗压根没有后腿，因为都给圆锯锯掉了，等到事情闹得够瞧的了，钱都拿出来了，它要施展最得意的招数了，它这才一下子看出它怎么上了当。这条狗怎么，打个比方说，被诓（kuāng）进门了，于是露出诧异的样子，后来就有点像泄气了，它再也不想打赢了，终于给弄得凄惨地脱了一层皮。它朝斯迈利望了一眼，仿佛说它的心都碎了。这完全是斯迈利的错，不该弄出这么一条没后腿的狗来施展招数，它打架主要依靠这一招，于是它一瘸（qué）一拐地走了一会儿，躺下死了。它是条好狗，这个安德鲁·杰克逊，它要是活下去，它会给自己扬名的，因为它有本事，它有天才——我知道它有才，因为它从来没有得到过好机会，可是像它这样在那种条件下能用这种办法打架的狗，如果说它没有才气，那也说不过去。我一想到它最后的一仗，想到打成了那个样子，总是觉得难过。

　　"唔，这个斯迈利还养了些逮耗子的小猎狗，小公鸡，雄猫，还有形形色色的东西，闹得你不安，你无论拿出什么东西，他都会有跟你那个凑成一对的东西来跟你打赌。有一天，他捉住了一只青蛙，把它带回家了，他说他打算教育它。于是一连三个月他什么事也不干，只管待在他的后院里，教那只青蛙学会蹦蹦跳跳。你可以拿得稳，他也真让它学会了。他只要在那只青蛙背后轻轻戳一下，接下去你就会看见它在半空里打转，像个油炸面饼圈，你会瞧见它翻一个筋斗，也许翻两个，如果它起跳得顺当的话，跳下来时四爪落地，稳稳当当，跟猫一样。他让它跳起来去捉苍蝇，并让它经常练习，所以，凡是它看得见的苍蝇，每一次都能捉住。斯迈利说，青蛙所需要的全靠教育，它差不多什么都办得到，我倒也相信他。嗨，我瞧见过他把丹尼尔·韦伯斯特放在这块地板上，丹尼尔·韦伯斯特是这只青蛙的名字，他大喊一声，'苍蝇，丹尼尔，苍蝇！'你连眨眼也来不及，它就一下子跳起来，捉住柜台那儿的一只苍蝇，又噗的一声重新落在地板上，扎扎实实，像一团泥巴。它落下来以后还用后脚搔脑袋旁边，若无其事，仿佛它做的就是随便哪只青蛙也会做的，没有一点儿稀奇。你从来没见过像它这样又谦虚又耿直的青蛙，尽管它有那么高的天赋。等到要公公正正肩并肩比跳的时候，它能一蹦老远，让你见过的它的任何同类都比不上。肩并肩比跳是它的拿手好戏，你明白吧；遇到这种情形，斯迈利只要还有一分钱，也会在它身上押个赌注。斯迈利觉得他的青蛙神气得不得了，他也应当觉得自豪，那些走南闯北、哪儿都去过的人全说它压倒了他们所见过的任何青蛙。

"啊，斯迈利把这个畜生放在一个有洞的小方匣子里，有时还常把它带到镇上打个赌。有一天，有一个家伙，在矿区上人地生疏的一个家伙，偶然碰见斯迈利和他那只匣子，说：

"'你那个匣子里装的什么东西？'

"于是斯迈利带着点漫不经心的口气说：'也许是只鹦鹉，也许是只金丝雀，也许吧，不过它都不是，它不过是一只青蛙。'

"那个家伙拿过匣子，仔细地瞧了瞧，把它转过来转过去，然后说，'唔，倒也是的。啊，它有什么用处？'

"'啊，'斯迈利随口不当回事地说，'它只有一个用处，我认为，在卡拉维拉斯县它能比随便哪只青蛙都跳得远。'

"那个家伙又拿起匣子，又仔仔细细瞧了很久，于

是把它还给斯迈利，不慌不忙地故意说，'哦，我看不出这只青蛙有哪一点比别的青蛙好一点。'

"'也许你看不出，'斯迈利说，'也许你了解青蛙，也许你不了解青蛙，也许你有经验，也许你不过是业余玩玩的，可以这么说吧。总之，我有我的看法，我愿意赌四十元，它能比卡拉维拉斯县随便哪只青蛙都跳得远。'

"那个家伙琢磨了一会，像有点为难似的，然后说，'啊，我是个外乡人，我没有青蛙，要是我有一只青蛙，我愿意跟你打赌。'

"于是斯迈利说，'那没有关系，那没有关系，要是你愿意拿着我的匣子待一会儿，我就去给你找一只青蛙来。'于是那个家伙拿起匣子，把他的四十元和斯迈利的放在一起，坐下来等着。

"他坐在那儿等了好一阵，想了又想，于是把青蛙取出来，撬开它的嘴，用一只小茶匙往它嘴里灌打鹌鹑的铁砂，喂得几乎满到了它的下巴颏，再把它放到地板上。斯迈利走到泥塘，在淤泥里稀里哗啦地找了好久，最后才提到了一只青蛙，把它带回去交给了那个家伙，他说：

"'现在，要是你准备好了，把它放在丹尼尔旁边，让它的前爪跟丹尼尔的并齐了，我来发命令。'于是他说，'一——二——三——跳！'他和那个家伙都从后面碰了青蛙一下。新捉来的青蛙跳出去了，可是丹尼尔吸了口气，竖起它的肩膀——这样——像个法国人，不过这也没有用——它挪不动，它像铁砧（zhēn）子一样牢牢地定在那儿，动也不能动，跟抛锚在那儿不差一点儿。斯迈利大吃一惊，他觉得可恶，可是他一点也不知道是怎么回事，这是当然啦。

"那个家伙拿起钱，转身就走，在他正要走出门口的时候，他用拇指在肩上猛然一甩——像这样——朝着丹尼尔，还不慌不忙故意说：'哦，我看不出这只青蛙有哪一点比别的青蛙好一点。'

"斯迈利站着搔他的脑袋，向下对丹尼尔瞧了很久，最后，他说，'我真是纳闷，究竟为什么这只青蛙会出岔子——我倒想知道它是不是出了什么事；它好像鼓胀得很厉害，不知怎么的。'他抓住丹尼尔的颈背，一边把它拎起来，一边说，'哎哟，我敢打赌，它少不了有五磅重咧!'他把它倒翻了个儿,于是它喷出了两捧铁砂。这时候,他知道是怎么回事了,他气极了,把青蛙放下立刻去追那个家伙,可是他没有捉住那个家伙。于是……"

(说到这里,西蒙·惠勒听见前院里有人叫他的名字,站起来去瞧要他干什么。)他在走出去之前转过身来对我说,"你就坐在那儿,外乡人,放心待着吧——我去不了多一会儿。"

不过,请你原谅,我看把这个有事业心的流浪汉吉姆·斯迈利的经历继续说下去未必能使我得到许多关于利奥尼达斯·斯迈利牧师的消息,我就起身走了。

我在门口遇到爱交际的惠勒刚刚回来,他硬要留着我长谈,并且向我介绍:

"哦,这个斯迈利还有一头独眼的黄母牛,它没有尾巴,只不过留下那么一小截,像根香蕉似的,还有……"

"哦,让斯迈利和他那倒霉的母牛见鬼去吧!"我和颜悦色地轻轻说,跟这位老先生告别之后我就走了。

(雨宁 译)

田纳西的新闻界

孟菲斯《雪崩报》的总编辑对一位把他称为过激派的记者给予这样温和的抨击："当他还在写头一句话的时候，或写到中间，加着标点符号时，他就知道他是在捏造一个充满着无耻作风、冒出造谣的臭气的句子。"——《交易报》

医生告诉我说，南方的气候可以增进我的健康，因此我就到田纳西去，担任了《朝华与约翰生县呼声报》的编辑职务。我去上班的时候，发现主笔先生斜靠着椅背坐在一把三条腿的椅子上，一双脚放在一张松木桌上。房间里另外还有一张松木桌子和一把残破的椅子，上面几乎铺满了报纸和剪报，还有一份一份的原稿。有一只盛着沙子的木箱，里面丢了许多雪茄烟头和香烟屁股，还有一只火炉，火炉上有一扇上下开关的搭下来的门。主笔先生穿着一件后面很长的黑布上装和白麻布裤子。他的靴子很小，用黑靴油擦得雪亮。他穿着一件有皱（zhòu）褶（zhě）的衬衫，戴着一只很大的图章戒指，一条旧式的硬领，一条两端下垂的方格子围巾。服装年代久远，大约是1848年的。他正在抽雪茄烟，并用心推敲着一个字，他的头发已经被他抓得乱蓬蓬的了。他直眉瞪眼，样子很可怕，我估计他是在拼凑一篇特别伤脑筋的社论。他叫我把那些交换的报纸大致看一下，写一篇《田纳西各报要闻摘录》，把那些报纸里面所有的有趣的材料通通浓缩在这篇文章里。

于是我写了下面这么一篇：

田纳西各报要闻摘录

《地震》半周刊的编者们关于巴里哈克铁道的报道显然是弄错了。公司的方针并不是要把巴札维尔丢在一边。不但如此，他们还认为这个地方是沿线最重要的地点之一，因此决不会有轻视它的意思。《地震》的编辑先生们当然是会乐于更正的。

希金斯维尔《响雷与自由呼声》的高明主笔约翰·布洛松先生昨天光临本城，住在范·布伦旅舍。

我们发现泥泉《晨声报》的同业认为范·维特的当选还不是确定的事实。这是一种错误的看法，但在他没有看到我们的纠正之前，一定会发现自己的错误。他当然是受了不完全的选票揭晓数字的影响而做了这个不正确的推断。

有一个可喜的消息：布雷特维尔城正在设法与纽约的几位工程师订约，用尼古尔逊铺道材料翻修那些几乎无法通行的街道。《每日呼声》极力鼓吹此事，并对最后成功似有把握。

我把我的稿子交给主笔先生，随他采用、修改或是撕毁。他看了一眼，脸上就显出不高兴的神气。他再往下一页一页地看，脸色简直变得可怕。显而易见，一定是出了毛病。他随即就一下子跳起来，说道：

"哎呀哈！你以为我提起那些畜生，会用这种口气吗？你以为订户们会看得下去这种糟糕的文章吗？把笔给我吧！"

我从来没有见过一支笔这样恶毒地连画带勾一直往下乱涂，这样无情地把别人的动词和形容词乱画乱改。他正在进行这项工作的时候，有人从敞开的窗户外面向他放了一枪，把我的一只耳朵打得和另一只不对称了。

"啊，"他说，"那就是史密斯那个浑蛋，他是《精神火山报》的——昨天就该来哩。"于是他从腰带里抽出左轮手枪来放了一枪。史密斯被打中了大腿，倒在地下。史密斯正要放第二枪，可是因为他被主笔先生打中了，自己那一枪就落了空，只打中一个局外人，那就是我。还好，只打掉我一根手指。

于是主笔先生又继续进行他的涂改和增删。当他刚刚改完的时候，有人从火炉的烟筒里丢了一个手榴弹进来，一阵爆炸声，火炉被炸得粉碎。幸好只有一块乱飞的碎片敲掉我一对牙齿，此外并无其他损害。

"那个火炉完全毁了。"主笔说。

我说我也相信是这样。

"唉，没关系——这种天气用不着它了。我知道这

— 18 —

是谁干的。我会找到他的。你看，这篇东西应该是这么写才对。"

我把稿子接过来。这篇文章已经删改得体无完肤，假如它有个母亲的话，她也会不认识它了。现在它已经成了下面这段文字：

田纳西各报要闻摘录

《地震》半周刊那些撒谎专家显然又在打算对巴里哈克铁道的消息造一次谣，这条铁道是 19 世纪最辉煌的计划，而他们却要散布卑鄙无聊的谎言来欺骗高尚和宽大的读者们。巴札维尔将被丢在一边的说法，根本就是他们自己那些可恶的脑子里产生出来的——或者还不如说是他们认为是脑子的那种肮脏地方产生出来的。他们实在应该挨一顿皮鞭子才行，如果他们要避免人家打痛他们的贱皮贱肉的话，最好是把这个谎言收回。

希金斯维尔《响雷与自由呼声》的布洛松那个笨蛋又到这里来了，他厚着脸皮赖在范·布伦旅舍。

我们发现泥泉《晨声报》那个昏头昏脑的恶棍又照他的撒谎的惯癖放出了谣言，说范·维特没有当选。新闻事业的天赋的使命是传播真实消息，铲除错误，教育、改进和提高公众道德和风俗习惯的趋向，并使所有的人更文雅、更高尚、更慈善，在各方面都更好、更纯洁、更快乐；而这个黑心肠的流氓却一味降低他的伟大任务的身价，专门散布欺诈、毁谤、谩骂和下流的话。

布雷特维尔城要用尼古尔逊铺道材料修马路——它更需要一所监狱和一所贫民救济院。一个鸡毛蒜皮的市镇，只有两个小酒店、一个铁匠铺和那狗皮膏药式的报纸《每日呼声》，居然想修起马路来，岂非异想天开！《每日呼声》的编者卜克纳这下贱的小人正在乱吼一阵，以他那惯用的低能的话极力鼓吹这桩事情，还自以为他是说得很有道理的。

"你看，要这样写才行——既富于刺激性，又中肯。

软弱无力的文章叫我看了心里怪不舒服。"

大约在这个时候，有人从窗户外面抛了一块砖头进来，噼里啪啦打得很响，使我背上震动得不轻。于是我移到火线以外——我开始感觉到自己对人家有了妨碍。

主笔说："那大概是上校吧。我等了他两天了。他马上就会上来的。"

他猜得不错。上校一会儿就到了门口，手里拿着一把左轮手枪。

他说："老兄，您可以让我和编这份肮脏报纸的胆小鬼打个交道吗？"

"可以。请坐吧，老兄。当心那把椅子，它缺了一条腿。我想您可以让我和无赖的撒谎专家布雷特斯开特·德康赛打个交道吧？"

"可以，老兄。我有一笔小小的账要和您算一算。您要是有空的话，我们就开始吧。"

"我在写一篇文章，谈'美国道德和智慧发展中令人鼓舞的进步'，正想赶完，可是这倒不要紧。开始吧。"

两把手枪同时砰砰地打响了。主笔被打掉了一撮头发，上校的子弹在我的大腿上多肉的部分终结了它的旅程。上校的左肩被稍微削掉了一点。他们又开枪了。这次他们两人都没有射中目标，可是我却遭了殃，胳臂上中了一枪。放第三枪的时候，两位先生都受了一点轻伤，我被削掉一块颧骨。于是我说，我认为我还是出去散散步为好，因为这是他们私人的事情，我再掺和在里面不免有点伤脑筋。但是那两位先生都请求我继续坐在那里，并且极力说我对他们并无妨碍。

然后他们一面再装上子弹，一面谈选举和收成的问题，同时我就着手包扎伤口。可是他们马上又开枪了，打得很起劲，每一枪都没有落空——不过我应该说明的是，六枪之中有五枪都光顾了我。另外那一枪打中了上校的要害，他很幽默地说，现在他应该告辞了，因为他还要进城办事情去。然后他打听了殡仪馆的所在，随即就走了。

主笔转过身来向我说："我约了人来吃饭，得准备一下。请你帮帮忙，给我看看校样，招待招待客人吧。"

我一听说叫我招待客人，不免稍觉畏怯，可是刚才那一阵枪声还在我耳朵里响，简直吓得我魂不附体，因此也就想不出什么话来回答。

他继续说："琼斯三点钟会到这儿来——赏他一顿鞭子吧。吉尔斯佩也许还要来得早一点——把他从窗户里摔出去。福格森大约四点钟会来——打死他吧。我想今天就只有这些事了。要是你还有多余的时间，你可以写一篇挖苦警察的文章——把那个督察长臭骂一顿。牛皮鞭子在桌子底下；武器在抽屉里——子弹在那个犄角里——棉花和绷带在那上面的文件架里。要是出了事，你就到楼下去找外科医生蓝赛吧。他在我们报上登广告——我们给他抵账就是了。"

他走了。我浑身发抖。后来那三个钟头完了的时候，我已经经历了几场惊心动魄的危险，以致安宁的心境和愉快的情绪通通无影无踪了。吉尔斯佩是光顾过的，他反而把我摔到窗户外面了。琼斯又即时来到，我正预备赏他一顿皮鞭子的时候，他倒给我代劳了。还有一位不在清单之列的陌生人和我干了一场，结果我被他剥掉了头皮。另外还有一位名叫汤普生的客人把我一身的衣服撕得一塌糊涂，全成了碎布片儿。后来我被逼到一个角落里，被一大群暴怒的编辑、赌鬼、政客和横行无忌的恶棍们围困着，他们都大声叫嚣和谩骂，在我头上挥舞着武器，弄得空中晃着钢铁的闪光，我就在这种情况中写着辞去报馆职务的信。正在这时候，主笔回来了，和他同来的还有乱七八糟的一群兴高采烈、热心助人的朋友。于是又发生了一场斗殴和残杀，那种骚乱的情况，简直非笔墨所能形容。人们被枪击、刀刺、砍断肢体、炸得血肉横飞、摔到窗户外面去。一阵短促的风暴般的阴沉的咒骂，夹杂着混乱和狂热的临阵舞蹈，朦胧地发出闪光，随后就鸦雀无声了。五分钟之内周围就平静了下来，只剩下血淋淋的主笔和我坐在那里，察看着由于这场厮杀四周地板上留下的一塌糊涂的战绩。

他说："你慢慢习惯了，就会喜欢这个地方。"

我说："我可不得不请您原谅；我想我也许再过些时候，写出来的稿子就能合您的意；我只要经过一番练习，学会了这儿的笔调，我相信我是能胜任的。可是说老实话，那种措辞的劲头实在有些欠妥，写起文章来难免引起风波，被人打搅。这您自己也明白。文章写得有力量，当然是能够鼓舞大家的精神，这是不成问题的，可是我究竟不愿意像您这份报纸那样，引起人家如此关注。像今天这样，老是有人打搅，我就不能安心写文章。这个职位我是十分喜欢的，可是我不愿意留在这儿招待您那些客人。我所得的经验是新奇的，确实不错，而且还可以算是别有一番风味，可是今天的事情还是有点不大公道。有一位先生从窗户外面向您开枪，结果倒把我打伤了；一颗炸弹从火炉烟筒里丢进来，本来是给您送礼的，结果可叫炉子的门顺着我的喉咙管溜下去了；一个朋友进来和您彼此问候，结果把我打了个满身枪眼，弄得我的皮包不住身子；您出去吃饭，琼斯就来拿皮鞭子揍了我一顿，吉尔斯佩把我摔到窗户外面去，汤普生把我的衣服全都撕碎了，还有一个完全陌生的人把我的头皮剥掉了，他简直干得自由自在，就像个老朋友似的；还不到五分钟的工夫，这一带地方所有的坏蛋都涂着鬼脸来了，他们都要拿战斧把我吓得五魂出窍。整个儿说，像今天所经历过的这么一场热闹，我可是一辈子没遇到过。不行；我喜欢您，我也喜欢您对客人解释问题那种不动声色的作风，可是您要知道，我简直不习惯这些。南方人太容易感情冲动；南方人款待客人也太豪爽了。今天我写的那几段话，写得毫无生气，经您大笔一挥，把田纳西新闻笔调的强烈劲势灌注到里面，又不免惹出一窝马蜂来。那一群乱七八糟的编辑们又要到这儿来——他们还会饿着肚子来，要杀一个人当早餐吃哩。我不得不向您告辞了。叫我来参加这场热闹，我只好敬谢不敏。我到南方来，为的是休养身体，现在我要回去，还是为了同一目的，而且是说走就走。田纳西新闻界的作风太使我兴奋了。"

说完这些话之后，我们彼此便歉然地分手了。我就搬到医院去，在病房里住了下来。

（张友松　译）

被偷的白象

一

　　下面这个稀奇的故事是我在火车上偶然相识的一个人讲给我听的。他是一位年过七十的老先生，他那非常和善而斯文的面貌和真挚而诚实的态度使他嘴里说出来的每一桩事情都予人以无可置疑的真实的印象。以下是他讲的故事：

　　你知道暹罗的皇家白象在那个国家里是多么受人尊敬的吧。你也知道，它是国王御用的，只有国王才能养它，而且它实际上甚至比国王多少还要高出几分，因为它不仅受人尊敬，而且还受人崇拜。五年前，大不列颠和暹罗两国之间的国界纠纷发生的时候，不久就证明了错误在暹罗方面。因此一切赔偿手续迅速执行了，英国代表说他很满意，过去的嫌隙应该忘记才行。这使暹罗国王大为安心，于是一方面是为了表示感激，一方面也许是为了要消除英国对他可能还存在着的一点残余的不满情绪，他愿意给英国女王送一件礼物——照东方人的想法，这是与敌方和解的唯一妥当的方法。这件礼物不但应该是高贵的，而且必须是超乎一切的高贵才行。那么，还有什么礼物能比一只白象更适当呢？当时我在印度担任着一种特殊的文官职位，因此被认为特别配得上给女皇陛下贡献这件礼物的荣幸任务。暹罗政府特地给我装备了一只船，还配备了侍从、随员和伺候象的人；经过相当时间，我到了纽约港，就把我那受皇家重托的礼物安顿在泽西城，叫它住在很讲究的地方。为了恢复这头牲口的健康，然后继续航行，不得不停留一些时候。

过了两星期，一切安然无事——然后我的灾祸就开始了。白象被偷了！深夜有人把我叫醒，通知我这个可怕的不幸事件。我一时简直因恐惧和焦急而发狂；我真不知如何是好。然后我渐渐平静下来，恢复了神志。我不久就想出了办法——因为事实上一个有头脑的人所能采取的只有一个唯一的办法。那时候虽然已经是深夜，我还是赶到纽约去，找到一位警察引我到侦缉总队去。幸好我到的正是时候，虽然侦缉队的头目，有名的督察长布伦特，正在准备动身回家。他是个中等身材、体格结实的人，当他深思的时候，他惯爱皱起眉头、凝神地用手指头敲着额部，马上给你一个印象，使你深信自己站在一个不平凡的人物面前。一看他那样子，就使我有了信心，有了希望。我向他申述了我的来意。这桩事情丝毫也不使他惊慌；看样子，这对他那铁一般的镇定并没有引起多大的反应，就好像我告诉他的事情是有人偷了我的狗一般。他挥手叫我坐下，沉着地说道：

"请让我想一会儿吧。"

他一面这么说，一面在他的办公桌前面坐下，用手托着头。好几个书记员在办公室的另一头工作；往后的六七分钟里，我所听到的声音就只有他们的笔在纸上划出的响声。同时督察长坐在那儿，凝神沉思。最后他抬起头来，他的面孔那种坚定的轮廓表现出了种胸有成竹的神气，这给我说明他的脑子里已经想出了主意，计划已经拟定了。他说——声音低沉而且给人深刻的印象：

"这不是个普通案件。一切步骤都要小心周到；每一步都要站稳脚跟，然后再放胆走下一步。一定要保守秘密才行——深深的、绝对的秘密。无论对什么人都不要谈起这件事，连对报馆记者也不要提。他们这批人归我来对付吧；我会当心只叫他们得到一点符合我的目的、故意告诉他们的消息。"他按了按铃，一个年轻人走过来。"亚拉里克，叫记者们暂时不要走。"那个小伙子出去了。"现在我们再继续来谈正经事吧——要有条有理地谈。干我这一行，要是不用严格和周密的方法，什么事也办不好。"

他拿起笔和纸来："那么——象姓什么？"

"哈森·本·阿里·本·赛林-阿布达拉·穆罕默德·摩伊赛·阿汉莫尔·杰姆赛觉吉布荷伊·都里普·苏丹·爱布·布德普尔。"

"好吧，叫什么名字？"

"江波。"

"好吧，出生的地方呢？"

"暹罗京城。"

"父母还在吗?"

"不——死了。"

"除了他而外,他们还生过别的吗?"

"没有——他是独生子。"

"好吧。在这一项底下,有这几点就够了。现在请你描写一下这头象的样子,千万不要遗漏细节,无论多么不重要的——这就是说,照你的看法认为不重要的。对于我们这一行的人,根本就没有什么不重要的细节;这种事情根本就不存在。"

于是我一面描写,他一面记录。我说完了的时候,他就说:

"好吧,你听着。要是我有弄错的地方,请你更正。"

他照下面这样念:

"身高十九英尺;身长从额顶到尾根二十六英尺;鼻长十六英尺;尾长六英尺;全长,包括鼻子和尾巴,四十八英尺;牙长九英尺半;耳朵大小与这些尺寸相称;脚印好像一只桶子立在雪里印上的痕迹;象的颜色,灰白;每只耳朵上有一个装饰珠宝的洞,像碟子那么大；特别喜欢给旁观的人喷水，并且爱拿鼻子作弄人，不仅是那些和他相识的人，连完全陌生的人也是一样；右后腿略跛（bǒ），左腋下因从前生过疮，有一个小疤；被偷时背上有一个包括十五个座位的乘厢，披着一张普通地毯大小的金丝缎鞍毯。"

他写的没有错误。督察长按了按铃，把这份说明书交给亚拉里克，吩咐他说——

"把这张东西马上印五万份，寄到全州各地的侦缉队和当铺去。"亚拉里克出去了。"哈——说了半天，总算还不错。另外我还得要一张这个东西的相片才行。"

我给了他一张。他很认真地把它仔细看了一阵，说道：

"只好将就吧，反正找不到更好的；可是他把鼻子卷起来，塞在嘴里。这未免太不凑巧，一定要使人发生误会，因为他平常当然不会把鼻子卷成这个样子。"他又按了按铃。

"亚拉里克，把这张相片拿去印五万份，明天早上先办这件事，和那张说明书一同寄出。"

亚拉里克出去执行他的命令。督察长说——

"当然非悬赏不可啰。那么，数目怎么样？"

"你看多少合适呢？"

"第一步，我认为——呃，先来个两万五千元钱吧。这桩事情很复杂、很难办；不知有多少逃避的路子和隐藏的机会哩。这些小偷到处都有朋友和伙伴——"

"哎呀，您知道那些人是谁吗？"

那张习惯于把思想和感情隐藏在心里的谨慎的面孔使我猜不出一点影子，他那说得若无其事的回答也是一样：

"那个你不用管。我可能知道，也可能不知道。我们通常都是看犯案的人下手的方法和他所要弄到手的东西的大小，由这里去找到一点巧妙的线索，推测他是谁。我们现在要对付的不是一个扒手，也不是一个普通小偷，这个你可要弄明白。这回被偷的东西不是一个生手随便'扒'了去的。刚才我说过，办这个案子是要跑许多地方的，偷儿们一路往别处跑，还要随时掩盖他们的踪迹，查起来也很费劲，所以照这些情形看来，两万五千元钱也许还太少一点，不过我想起头先给这个数目还是可以的。"

于是我们就商定了这个数目，作为初步的悬赏。然后这位先生说道：

"在侦探史里有些案子说明某些犯人是根据他们的胃口方面的特点而破案的。那么，这头象究竟吃什么东西、吃多少分量呢?"凡是可以作线索的事情，这位先生没有不注意的。

"啊，说到他吃的东西嘛——他不管什么都吃。人也吃，《圣经》也吃——人和《圣经》之间的东西，不管什么他都吃。"

"好——真是好得很，可是太笼统了。必须说得仔细些——干我们这一行，最讲究的就是仔细。好吧，先说人。每一顿——再不然你爱说每一天也行——他要吃几个人呢，要是新鲜的话?"

"他不管新鲜不新鲜，每一顿他要吃五个普通的人。"

"好极了，五个人，我把这个记下来。它最爱吃哪些国家的人呢?"

"它对国籍也不大在乎。它特别爱吃熟人，可是对生人也并没有成见。"

"好极了。那么再说《圣经》吧。它每一顿要吃几部《圣经》呢?"

"它可以吃得下整整的一版。"

"这说得不够清楚。你是指的普通的八开本,还是家庭用的插图本呢?"

"我想他对插图是不在乎的;那就是说,我觉得它并不会把插图比简单的文本看得更宝贵。"

"不,你没听明白我的意思。我说的是本子的大小。普通八开本的《圣经》大概是两磅半重,可是带插图的四开大本有十磅到十二磅重。他每顿能吃几本多莱版的《圣经》呢?"

"你要是认识这头象的话,就不会问这些了。人家有多少他就吃多少。"

"好吧,那么照钱数来计算吧。这点我们总得大概弄清楚才行。多莱版每本要一百元钱,俄国皮子包书角的。"

"他大概要五万元钱的才够吃——就算是五百本一顿饭吧。"

"对,这倒是比较明确一点。我把这个记下来。好吧，他爱吃人和《圣经》；这些都说得很不错。另外他还吃什么呢？我要知道详细情形。"

"他会丢开《圣经》去吃砖头，他会丢开砖头去吃瓶子，他会丢开瓶子去吃衣服，他会丢开衣服去吃猫儿，他会丢开猫儿去吃牡（mǔ）蛎（lì），他会丢开牡蛎去吃火腿，他会丢开火腿去吃糖，他会丢开糖去吃馅饼，他会丢开馅饼去吃洋芋，他会丢开洋芋去吃糠皮，他会丢开糠皮去吃干草，他会丢开干草去吃燕麦，他会丢开燕麦去吃大米，因为他主要是靠这个喂大的。除了欧洲的奶油之外，无论什么东西他都没有不吃的，就连奶油，他要是尝出了味道，那也会吃的。"

"好极了。平常每顿的食量是……大概要……"

"噢，从四分之一吨到半吨之间，随便多少都行。"

"他爱喝……"

"凡是液体的东西都行。牛奶、水、威士忌、糖浆、蓖（bì）麻油、樟脑油、石炭酸——这样说下去是没有用处的；你无论想到什么液体的东西都记下就是了。只要是液体的东西，他什么都喝，只除了欧洲的咖啡。"

"好极了。喝多少分量呢？"

"你就写五至十五桶吧——他口渴的程度一时一个样，别的方面，他的胃口是没有变化的。"

"这些事情都非常重要。这对于寻找他应该是可以提供很好的线索。"

他按了按铃。

"亚拉里克，把柏恩斯队长找来吧。"

柏恩斯来了，布伦特督察长把全部案情给他说明，一五一十地说得很详细。然后他用爽朗而果断的口吻说（由他的声调可以听出他的办法已经拟定得很清楚，而且也可以知道他是惯于下命令的）：

"柏恩斯队长，派琼斯、大卫、海尔赛、培兹、哈启特他们这几个侦探去追寻这头象吧。"

"是，督察长。"

"派摩西、达金、穆飞、罗杰士、达伯、希金斯和巴托罗缪他们这几个侦探去追寻小偷。"

"是，督察长。"

"在那头象被偷出去的地方安排一个强有力的卫队——三十个精选的弟兄组成的卫队，还要三十个换班的——叫他们在那儿日夜严格守卫，没有我的书面手令，谁也不许走进去——除了记者。"

"是，督察长。"

"派些便衣侦探到火车上、轮船上和码头仓库那些地方去，还有由泽西城往外面去的大路上，命令他们搜查所有形迹可疑的人。"

"是，督察长。"

"把那头象的照片和附带的说明书拿给这些人，吩咐他们搜查所有的火车和往外开的渡船和其他的船。"

"是，督察长。"

"象要是找到了，就把它捉住，打电报把消息通知我。"

"是，督察长。"

"要是找出了什么线索，也要马上通知我——不管是这畜生的脚印，还是诸如此类的踪迹。"

"是，督察长。"

"发一道命令，叫港口警察留心巡逻河边一带。"

"是，督察长。"

"赶快派便衣侦探到所有的铁路上去，往北直到加拿大，往西直到俄亥俄，往南直到华盛顿。"

"是，督察长。"

"派一批专家到所有的电报局去，收听所有的电报；叫他们要求电报局把所有的密码电报都译给他们看。"

"是，督察长。"

"这些事情千万要做得极端秘密——注意，要秘密得绝对不走漏消息才行。"

"是，督察长。"

"照通常的时刻准时向我报告。"

"是，督察长。"

"去吧！"

"是，督察长。"

他走了。

布伦特督察长沉思了一会儿，没有作声，同时他眼睛里的那股子火气渐渐冷静下来，终于消失了。然后他向我转过身来，用平静的声音说道：

"我不喜欢吹牛，那不是我的习惯；可是——我们一定能找到那头象。"

我热情地和他握手，向他道谢；而且心里也确实是感谢他。我越看这位先生，就越喜欢他，也越对他这行职业当中那些神秘不可思议的事情感到羡慕和惊讶。然后我们在这天晚上暂时分手了，我回寓所的时候，比到他的办公室来的时候心里快活得多了。

二

第二天早上，一切都登在报上了，登得非常详细。甚至还增加了新的内容——包括侦探某甲、侦探某乙和侦探某丙的"推测"，估计这次的盗窃案是怎么干的，盗窃犯是谁，以及他们带着赃物到什么地方去了。一共有十一种推测，把一切可能的估计都包括了，单只这一个事实就表示侦探们是些怎样的各出心裁的思想家。没有哪两种推测是相同的，甚至连大致相似的都没有，唯一相同的只有一个显著的情节，关于这一点，十一个人的见解通通是绝对一致的。那就是，虽然我的房子后面被人拆开了墙，而唯一的门又照旧是锁着的，那头象却并不是由那个口子牵出去的，而是由另外一条出路（还没有发现的）。大家一致认为盗窃犯是故意拆开一个豁口，迷惑侦探们。像我或是任何其他外行，恐怕决不会想得出这个，可是一会儿也骗不了侦探们。所以我所认为没有什么奥妙的唯一的一桩事情实际上正是我弄得最迷糊的一桩事情。十一种见解都指出了盗窃嫌疑犯，可是没有两个人说的盗窃犯是相同的；嫌疑犯总数共计三十七人。报纸上的各种记载末尾都是说的一切意见中最重要的一种——布伦特督察长的意见。这种叙述有一部分是像下面这样说的：

督察长知道两个主犯是谁，即"好汉"德飞和"红毛"麦克发登。在这次盗窃事件发生前十天，他就感觉到会有人打算干这桩事，并且还暗中跟踪这两个有名的坏蛋；可是不幸在事件发生的那天晚上，他们忽然去向不明，还没有来得及找到他们的下落，那家伙已经不见了——那就是说，那头象。

德飞和麦克发登是干这一行的最大胆的匪徒；督察长有理由相信去年冬天在一个严寒的夜里从侦缉总队把火炉偷出去的就是他们——结果还没有到第二天早上，督察长和在场的每个侦探都归医生照料了，有些人冻坏了脚，有些人冻坏了手指头、耳朵和其他部分。

我看了这段的头一半的时候，对于这位奇特的人的了不起的智慧比以前更加惊叹。他不但以明亮的眼光看透目前的一切，就连未来的事情也瞒不住。我不久就到了他的办公室，并且向他说，我不能不认为他早该把那两个人逮捕起来，预先防止这桩麻烦事和一切损失才对；可是他的回答很简单，而且是无可辩驳的：

"预防罪行发生不是我们的责任范围以内的事，我们的任务是惩治罪行。在罪行发生之前，我们当然不能先行惩治。"

我说我们第一步的秘密被报纸破坏了，不但我们的一切事实，连我们所有的计划和目的通通被泄露了，甚至所有的嫌疑犯的名字也被宣布出来了。这些人现在当然就会化装起来，或是隐藏着不露面。

"随他们去吧。叫他们看看我的本事，知道我要是打定了主意要抓他们的时候，我的手就会落在他们身上，把他们从秘密地方捉到，就像命运之神的手那么准确。至于报纸呢，我们非和他们通声气不可。名誉、声望，经常被大家谈到——这些事就是当侦探的人的命根子。他必须发表他的事实，否则人家还以为他根本不知道什么事实；他也必须发表他的推测，因为无论什么事情也赶不上一个侦探的推测那么稀奇、那么惊人，而且这也最足以使人对他特别敬佩；我们还必须发表我们的计划，因为报纸刊物非要这个不可，我们要是不给它们，就不免要得罪它们。我们必须经常让大家知道我们在干些什么，否则他们就会以为我们什么也没干。我们与其让报纸上说些刻薄话，或者更糟糕，说些讽刺话，就不如让它说：'布伦特督察长的聪明和非凡的推测是如此这般'，那要痛快得多了。"

"我知道您的话是很有道理的。可是我看出了今天早上报纸上发表您的谈话，里面有一段说到您对某一个小小问题不肯吐露您的意见。"

"是呀，我们常来这一手，这是颇有作用的。并且我对那个问题根本还没有一定的主张哩。"

我交了一笔数目相当大的款子给督察长，作为临时开支，于是坐下来等待消息。现在我们随时都准备着电报会陆续拍来。我把报纸再拿来看，又看看我们那份说明的传单，结果发现那两万五千元的悬赏似乎是专给侦探们的。我说我认为这笔奖金应该给任何捉到那头象的人。督察长却说：

"将来找到象的总是侦探们，所以奖金反正会归应得的人。要是别人找到这头畜生，那也无非是靠着留心侦探们的行动，利用从他们那儿偷来的线索和踪迹，才办得到，那么归根到底，奖金也还是应该归侦探们得才对。奖金的正当作用是要鼓励那些贡献他们的时间和专门智慧来干这类事情的人，而不是要把好处拿给那些幸运儿，他们不过是碰巧发现一件悬赏寻找的东西，并不是靠他们的才能和辛苦来赚得这些奖金的。"

不消说，这当然是很有道理的。现在角落上的电报机开始嗒嗒地响起来了，结果收到下面这份急电：

> 已有线索。附近农场上发现连串足迹甚深。向东跟踪两英里，无结果；料象已西去。拟向该方追踪。
>
> 纽约州，花站，上午 7 点 30 分，侦探达莱

"达莱是我们队里最得力的侦探之一，"督察长说，"我们不久就可以再接到他的消息。"

第二封电报又来了：

刚到此地。玻璃工厂夜间被闯入，吞去瓶子八百只。附近唯一多水处在五英里外。必向该地前进。象必渴。所吞系空瓶。

新泽西，巴克镇，上午 7 点 40 分，侦探巴克

"这也表示很有希望。"督察长说。"我给你说过这家伙的胃口可以作很好的线索吧。"

第三封电报是：

附近一干草堆夜间失踪。想系食去。已有线索，再前进。

长岛，台洛维尔，上午 8 点 15 分，侦探赫巴德

"你看他这么东奔西跑的！"督察长说。"我早就知道这事情够麻烦，可是我们终归还是可以把他抓到。"

向西跟踪三英里。足迹大而深，不整齐。适遇一农民，据云并非象脚印，乃冬寒地冻时挖出树秧之坑。请示机宜。

纽约州，花站，上午9点，侦探达莱

"啊哈！偷儿的同党！这事情越来越热闹了。"督察长说。

他口授了下面这个电报给达莱：

逮捕此人，逼供同伙。继续跟踪——必要时直抵太平洋岸。

督察长布伦特

其次一封电报是：

煤气公司营业部夜间被闯入，食去三个月未付款煤气账单。已获线索，续进。

宾夕法尼亚州，康尼点，上午8点45分，侦探穆飞

"天哪！"督察长说，"他连煤气账单也吃吗？"

"他大概不知道——当然吃啰，可是这不能饱肚子。至少没有别的东西一起吃下去是不行的。"

这时候又来了这封令人兴奋的电报：

> 初抵此。全村惊惶万状。象于今晨 5 点过此村。或谓象已西去，一说东行，一说北行，一说南行——但众人均称彼等未及细察。象触毙一马，已割取小块供线索。此系象鼻击毙，由打击方式推断，似系自左方袭击。由此马卧地的姿势判断，料象已沿柏克莱铁路北去。先行四小时半，拟立即跟踪追捕。
>
> 纽约州，爱昂维尔，上午 9 点半，侦探郝威士

我发出了欢呼。督察长还是像一尊雕像似的不动声色。他镇静地按了按铃。

"亚拉里克，请柏恩斯队长到这儿来。"

柏恩斯来了。

"有多少人可以马上派去出勤?"

"九十六个,督察长。"

"立刻派他们往北去。叫他们集中在柏克莱铁路沿线爱昂维尔以北一带。"

"是,督察长。"

"叫他们极端秘密地行动。另外还有别的人下班的时候,马上叫他们准备出勤。"

"是,督察长。"

"去吧。"

"是,督察长。"

马上又来了另外一封电报:

初抵此。8点15分象过此地。全镇人已逃空,仅留一警察。象显然未向警察袭击,而欲击灯柱。但击中两者。已自警察尸体割肉一块供线索。

纽约州,赛治康诺尔,10点半,侦探斯达谟

"原来象已经转向西边去了,"督察长说。"可是他逃不掉,因为我派出的人已经在那一带地方分布到各

处了。"

其次的一封电报说：

> 初抵此。全村人已逃空，仅余老弱病夫。三刻
> 钟前象由此经过。正值反禁酒群众大会开会，象由
> 窗户伸入其鼻，自蓄水池吸水将大会冲散，有人遭
> 水灌注——旋即死去，数人淹毙。侦探克洛斯与奥
> 少夫纳西曾过此镇，但向南行——故与象相左。周
> 围数英里地区均大为惊恐——居民均由家中逃出。
> 逃往各处，均遇此象，丧命者颇多。
>
> 格洛华村，11 点 15 分，侦探布朗特

我简直要流泪，因为这场灾难太使我难受了。可是
督察长只说：

"你看——我们正在一步步把他包围起来。他觉出
了我们已经来到，又往东转了。"

可是还有许多叫我们伤脑筋的消息在后面。电报又
带来了这个消息：

初抵此。半小时前象行经此地，曾引起极度惊恐与兴奋。象在各街横行——装管工两人路过，一人丧命，一得逃脱。众皆悲恸。

荷根波，12点19分，侦探欧弗拉赫第

"这下子他可是让我的弟兄们包围住了，"督察长说，"怎么也逃不掉了。"

分布到新泽西和宾夕法尼亚各地的侦探们又拍来了一连串的电报，他们都在追踪各种线索，其中包括被蹂（róu）躏（lìn）的粮仓、工厂和主日学校的图书馆，大家都怀着很大的希望——实际上这些希望简直成了确有把握的事。督察长说：

"我很想能够和他们通消息，叫他们往北去，可是这办不到。侦探只到电报局去发电报来向我报告；马上他又走了，你简直不知在哪儿找得到他。"

然后又来了这封电报：

巴南愿出每年四千元代价，获使用此象供张贴流动广告之特权，由目前至侦探寻获此象时为止。

拟在象身贴马戏团招贴画。盼即复。

康涅狄克州，桥港，12点15分，侦探波格斯

"这简直是荒谬绝伦！"我大惊地说。

"当然是啊，"督察长说。"巴南先生自以为非常精明，可是他显然还看不透我——我可看透了他。"

于是他给这个急电口授回电：

谢绝巴南所提条件。需七千元，否则作罢。

督察长布伦特

"看吧。不要等多久就会有回电。巴南先生不在家；他在电报局——他在交涉生意的时候有这个习惯。不消三分……"

同意。

巴南

电报机嗒嗒嗒的声音打断了督察长的谈话。我对这

个非常离奇的插曲还没有来得及发表意见，下面这个急电就把我的心思引到另一个恼人的方面去了：

象由南方抵此，11 点 50 分过此向森林前进。途中驱散出殡行列，送葬者牺牲二人。居民放小炮击象后逃散。侦探柏克与我于十分钟后由北方赶到，但因误认若干地下土坑为象踪，致延误甚久；但终获象踪，追至森林。然后伏地爬行，继续注视象踪，追随至丛林中。柏克先行。不幸象已停步休息；故柏克因低头察看象踪，尚未发觉象在眼前，头已触其后腿。柏克即刻起立，手握象尾欢呼"奖金应归……"但出言未毕，象鼻一击已使此勇士粉身碎骨而死。我向后逃，象转身穷追，直至林边，迅速惊人，我本非丧命不可，幸因老天保佑，送葬行列所余数人又与象遭遇，使其转移目标。现闻送葬者无一人生还；但此种损失不足惜，因死者多，将举行另一葬礼。象已再次失踪。

纽约州，波利维亚，12 点 50 分，侦探慕尔隆尼分派到新泽西、宾夕法尼亚、德拉维尔和弗吉尼亚等地的那些苦干和有信心的侦探们都在跟着有希望的新线索追寻，我们除了从他们那里而外，始终没有得到任何消息，直到下午2点过后，才接到这封电报：

象曾到此地，周身贴马戏团广告，驱散一奋兴会，将改过自新者毙伤甚多。居民将象囚于栏中，派人守卫。其后侦探布朗与我来此，即入栏持照片与说明书对此象进行鉴定。各种特征一概相符，仅有一项不得见——即腋下疮疤。布朗为查明起见，匍匐至象体下细察，结果立即丧命——头部被击碎，但碎脑中一无所有。众皆奔逃，象亦匿去，横冲直撞，伤亡多人。象虽逃去，但因炮伤，沿途均留显著之血迹。定能再度寻获。现象已穿越茂林向南前进。

巴克斯特中心，2点15分，侦探布朗特

这是最后的一封电报。晚上起了雾，非常之浓，以致三英尺外的东西都看不见。浓雾整夜没有散。渡船不得不停开，甚至连公共汽车都不能行驶。

三

第二天早晨，报纸上还是像从前一样，登满了侦探们的推测；我们那些惨剧也通通登出来了，另外还登了许多消息，都是报馆从各地电报通讯员方面得来的。篇幅占了一栏又一栏，一直占到一版三分之一的版面，还加上一些显眼的标题，使我看了心里发烦。这些标题一般的情调大致是这样：

白象尚未捕获！仍在继续前进，到处闯祸！各处村庄居民惊骇欲狂！逃避一空！白色恐怖在他前面传播，死亡与糜（mí）烂跟踪而来！侦探尾随其后，粮仓被毁，工厂被劫一空，收成被吃光，公众集会被驱散，酿成惨剧无法形容！侦缉队中三十四位最出色的侦探的推测！督察长布伦特的推测！

"啊哈！"督察长布伦特几乎露出兴奋的神色，说道，"这可真是了不起！这是任何侦探机关从来没有碰到的好运道。这个案件的名声会传到天涯海角，永垂不朽，我的名字也会跟着传出去了。"

但是我却没有什么可高兴的。我觉得所有那些血案似乎都是我干出来的，那头象只不过是我的不负责任的代理人罢了。受害的人数增加得多么快呀！有一个地方，他"干涉了一次选举，弄死了五个投重票的违法选民"。在这个举动之后，他又杀害了两个不幸的人，他们名叫奥当诺休和麦克弗兰尼干，"前一天才来到这全世界被压迫者的家乡来避难，正想要第一次运用美国公民选举投票的光荣权利，恰好遭到这个暹罗煞星的毒手而丧命了。"到另一处，他"发现了一个疯狂的兴风作浪的传教士，正在准备他下一季里对跳舞、戏剧和其他不能还击的事物所要进行的英勇的攻击，一脚就把他踩死了"。又在另一个地方，他"杀害了一个避雷针经纪人"。遇难的人数越来越多，血腥气越来越重，惨不忍睹的事件越来越严重。丧命的共达六十人，受伤的二百四十人，一切记载都证明了侦探们的活动和热心，而且结尾都是说"有三十万老百姓和四个侦探看见过这个可怕的畜生，而这四个侦探之中有两个被他弄死了"。

电报机又嗒嗒嗒地响起来，我简直听了就害怕。随即消息就一条条传过来，可是这些消息的性质却使我感到快慰的失望。不久就明白了，象已不知去向。雾使他得以找到一个很好的藏身之所，没有被人发觉。从一些极荒谬的遥远地点打来的电报说是在某时某刻有人在雾里瞥见过一个隐隐约约的庞然大物，那"无疑是象"。这个隐隐约约的庞然大物曾在新港、新泽西、宾夕法尼亚、纽约州内地、布鲁克林，甚至在纽约市区，处处都曾有人瞥见过！但是处处都是这个隐隐约约的庞然大物很快就不见了，丝毫没有留下什么痕迹。强大的侦缉队分派到广大地区的那许多侦探，每人都按时来电报告，个个都有线索，而且都在跟踪。拼命往前穷追。

但是那一天过去了，并无其他结果。

第二天又是一样。

再往后一天还是一样。

报纸上的消息渐成千篇一律，其中的各种事实都是毫无价值的，各种线索都是没有结果的，各种推测几乎都是搜尽枯肠想出来故意使人惊讶、使人高兴、使人眼花缭乱的。

我遵照督察长的建议，把奖金加了一倍。

又过了四个沉闷的日子。然后那些可怜的、干得很起劲的侦探们遭到了一次严重的打击——报馆记者们谢绝发表他们的推测，很冷淡地说："让我们歇一歇吧。"

白象失踪两个星期之后，我遵照督察长的意见，把奖金增加到七万五千元。这个数目是很大的，但是我觉得我宁肯牺牲我的全部私人财产，也不要失掉我的政府对我的信任。现在侦探们倒了霉，报纸就转过笔锋来攻击他们，对他们加以最令人难堪的讽刺。这使一些卖艺的歌手们想出了一个好主意，他们把自己打扮成侦探，在舞台上用可笑至极的方法追寻那头象。漫画家们画出那些侦探拿着小望远镜在全国各地一处一处地仔细察看，而象却在他们背后从他们口袋里偷苹果吃。他们还把侦探们戴的徽章画成各式各样的可笑的漫画——侦探小说封底上用金色印着这个徽章，你一定是看到过的——那是一只睁得很大的眼睛，配上"我们永远不睡"这几个字。侦探们到酒店去喝酒的时候，那故意逗笑的掌柜就恢复一句早已作废的话，说道，"您喝杯醒眼酒好吗？"空中弥漫着浓厚的讽刺气氛。

但是有一个人在这种气氛中始终保持镇定，处之泰然，不动声色，那就是坚定不移的督察长。他那大胆的眼神永不表示丧气，他那沉着的信心永不动摇。他老是说：

"让他们去嘲笑吧，谁最后笑就笑得最痛快。"

我对这位先生的敬仰变成了一种崇拜。我经常在他身边。他的办公室对我已经成为一个不愉快的地方，现在一天比一天更加厉害了。可是他既然受得了，我当然也要撑持下去——至少是能撑多久就撑多久。所以我经常到他这里来，并且停留很久——我好像是唯一能够忍受得了的外人。大家都不知道我怎么会熬得下去；我每每似乎觉得非开小差不可，可是一到这种时候，我就看看那张沉着而且显然是满不在乎的脸，于是又坚持下去了。

白象失踪以后大约过了三个星期，有一天早上，我正想要说我不得不息鼓收兵的时候，那位大侦探却提出一个绝妙的拿手办法来，这下子可阻止了我那个念头。

这个办法就是和窃犯们妥协。我虽然和世界上最机智的天才有过广泛的接触，可是这位先生的主意之多实在是我生平从来没有见过的。他说他相信可以出十万元和对方妥协，把那头象找回来。我说我相信可以勉强筹凑这个数目：可是那些可怜的侦探们非常忠心地努力干了一场，怎么办呢？他说：

"按照妥协的办法，他们照例得一半。"

这就打消了我唯一的反对理由，于是督察长写了两封信，内容如下：

亲爱的夫人，你的丈夫只要和我立即约谈一次，就可以得一笔巨款（而且完全保证不受法律干涉）。

督察长布伦特

他派他的亲信的信差把这两封信送一封给"好汉"德飞的"不知是真是假的妻子"，另一封给"红毛"麦克发登的"不知真假的妻子"。

一小时之内，来了这么两封无礼的回信：

你这老糊涂蛋："好汉"德飞已经死了两年了。

布利格·马汉尼

瞎子督察长——"红毛"麦克发登早就被绞死了，他已经升天一年半了。除了当侦探的，随便哪个笨蛋也知道这桩事情。

玛丽·奥胡里甘

"我早就猜想到这些事情了，"督察长说，"这一证明，足见我的直觉真是千真万确。"

一个办法刚刚行不通，他又想出另外一个主意来了。他马上写了一个广告拿到早报上去登，我把它抄了一份：

子——亥戌丑卯酉。二四二辰。未丑寅卯——辰亥三二八戌酉丑卯。寅亥申寅，——二己！寅丑酉。密。

他说只要偷儿还活着，见了这个广告就会到向来约会的地点去。他还说明了这个向来约会的地点是侦探和罪犯之间开一切谈判的地方，这次的约会规定在第二天晚上12点举行。

在那个时刻来到之前，我们什么事情也不能做，所以我赶快走出这个办公室，而且心里实在因为得到这个喘息的机会而有谢天谢地的感觉。

第二天晚上11点，我带着十万元现钞，交到督察长手里，过了一会他就告辞了，眼睛里流露出那勇往直前的、一向没有消失的信心。一个钟头几乎无法忍受的时光终于熬过去了，然后我听见他那可喜的脚步声，于是我喘着气站起来，一歪一倒地跑过去迎接他。他那双明亮的眼睛里发出多么得意的闪光啊！他说：

"我们妥协了！那些开玩笑的家伙明天就要改变论调了！跟我去！"

他拿着一支点着的蜡烛大步地走进一个绝大的圆顶地窖，那儿经常有六十个侦探在睡觉，这时候还有二十来个在打牌消遣。我紧跟在他后面。他飞快地一直往地窖里老远的、阴暗的那一头走过去；我正在闷得要命、简直要晕倒的时候，他一下子绊倒了，倒在一个大家伙的伸开的肢体上；我听见他一面倒下去，一面欢呼道：

"我们这门高贵的职业果然是名不虚传。你的象在这儿哪!"

我被人抬到上面那办公室里,用石炭酸使我清醒过来了。整个的侦缉队都拥进来了,随后那一番欢天喜地的祝贺真是热闹非凡,我从来没有见过那种场面。他们把记者们邀请过来,打开一篓一篓的香槟酒来痛饮祝贺,大家握手、道贺,简直没有个完,兴头十足。当时的英雄人物当然是督察长,他的快乐到了顶点了,而且也是靠他的耐心、品德和勇敢换来的,所以叫我看了很欢喜,虽然我站在那儿,已经成了一个无家可归的穷光蛋。我受托的那个无价之宝也死了,我为本国服务的职位也完蛋了,一切都由于我向来似乎有个致命的老毛病,对于一个重大的托付老是粗心大意地执行。一双双传神的眼睛对督察长表示深切的敬仰,还有许多侦探的声音悄悄地说:"您瞧瞧人家——实在是这一行的大王——只要给他一点线索就行,他就只需要这个,不管什么东西藏起来了,他没有找不着的。"大家分那五万元奖金的时候,真是兴高采烈;分完之后,督察长一面把他那一份塞进腰包,一面发表了一篇简短的谈话,他在这篇谈话里说道:"痛痛快快地享受这笔奖金吧,伙计们，因为这是你们赚来的；并且还不只这个——你们还给侦探这行职业博得了不朽的名声。"

又来了一封电报，内容是：

> 三星期来，初遇一电报局。随象踪骑马穿过森林，抵此地时已奔波一千英里，脚印日见其重，日见其大，且日益显明。望勿急躁——至多再一星期，定能将象寻获。万无一失。
>
> 密西根，孟禄，上午10点，侦探达莱

督察长叫大家给达莱三呼喝彩，给"侦缉队里这位能手"欢呼，然后吩咐手下给他打电报去，叫他回来领取他那一份奖金。

被偷的象这场惊人的风波就是这样完结了，第二天报纸上又是满篇好听的恭维话，只有一个无聊的例外。这份报纸说："侦探真是伟大！像一只失踪了的象这么个小小的东西，他找起来也许是慢一点——白天他尽管整天寻找，夜里就跟象的尸体睡在一起，一直拖到三个星期，可是他终归还是会把他找着——只要把象错放在那里的人给他说明地点就行了！"

我永远失去了可怜的哈森。炮弹给了他致命伤，他在雾里悄悄地走到那个倒霉的地方；在敌人的包围之中，又经常受到侦缉的危险，他连饿带熬，一直瘦下来，最后死神才给了他安息。

最后的妥协花掉我十万元；侦探的费用另外花掉四万两千元；我再也没有向我本国政府去申请一个职位；我成了个倾家荡产的人，成了个落魄的人和流浪汉——可是我始终觉得那位先生是全世界空前的大侦探，我对他的敬仰至今还是没有减退，而且一辈子都不会改变。

（张友松　译）

加利福尼亚人的故事

三十五年前，我曾到斯达尼斯劳斯河找矿。我手拿着鹤嘴锄（chú），带着淘盘，背着号角，成天跋（bá）涉（shè）。我走遍了各处，淘洗了不少含金沙，总想着找到矿藏发笔大财，却总是一无所获。这是一个风景秀丽的地区，树木葱茏，气候温和，景色宜人。很多年前，这儿人烟稠密，而现在，人们早已消失殆尽了，富有魅力的极乐园成了一个荒凉冷僻的地方。他们把地层表面给挖了个遍，然后就离开这里。有一处，一度是个繁忙热闹的小城市，有过几家银行、几家报社和几支消防队，还有过一位市长和众多的市政参议员。可是现在，除了广袤（mào）无垠（yín）的绿色草坡之外，一无所有，甚至看不见人类生命曾在这里出现过的最微小的迹象。这片荒原一直延伸到塔特尔镇。在那一带附近的乡间，沿着那些布满尘土的道路，不时可以看到一些极为漂亮的小村舍，外表整洁舒适。像蛛网一样密密麻麻的藤（téng）蔓（wàn），像雪一样浓厚茂密的玫瑰遮掩了小屋的门窗。这是一些荒废了的住宅，很多年前，那些遭到失败、灰心丧气的家庭遗弃了它们，因为这些房屋既卖不出去也送不出去。走上半小时的路程，时而会发现一些用圆木搭建起来的孤寂的小木屋，这是在最早的淘金时代由第一批淘金人修建的，他们是建造小村舍的那些人的前辈。偶尔，这些小木屋仍然有人居住。那么，你就可以断定这居住者就是当初建造这个小木屋的拓荒者；你还能断定他之所以住在那儿的原因——虽然他曾有机会回到家乡，回到州里去过好日子，但是他不愿回去，而宁愿丢弃财产；他感到羞耻，于是决定与所有的亲人朋友断绝往来，好像人已经死去似的。那年月，加利福尼亚附近散居着许许多多这样的活死人——这些可怜的人，自尊心受到严重打击，四十岁就白发斑斑，未老先衰，隐藏在他们内心深处的只有悔恨和渴望——悔恨自己虚度的年华，渴望远离尘嚣

（xiāo），彻底与世隔绝。

这是一片孤寂荒芜的土地！除了使人昏昏欲睡的昆虫的嘤嘤嗡嗡声，辽阔的草地和树林寂静安宁，别无声息；这里杳（yǎo）无人烟，兽类绝迹；任什么也不能使你打起精神，使你觉得活着是件乐事。因此，在一天过了正午不久，当我终于发现一个人的时候，我油然生出一种感激之情，精神极为振奋。这是一个四十五岁左右的男人，他正站在一间覆盖着玫瑰花的小巧舒适的村舍门旁。这是那种我已提到过的村舍，不过，这一间没被遗弃；它的外观表明有人住在里面，而且它还受到主人的宠爱、关心和照料。它的前院也同样受到如此厚待，这是一个花园，繁茂的鲜花正盛开着，五彩缤纷，绚丽多姿。当然我受到了主人的邀请，主人叫我不要客气——这是乡下的惯例。

走进这样一个村舍真使人身心愉悦。好几个星期以来，我日日夜夜和矿工们的小木屋打交道，熟悉了屋里的一切——肮脏的地板，从来不叠被子的床铺，锡盘锡杯，咸猪肉，蚕豆和浓咖啡，屋内别无装饰，只有一些从东部带插图的出版物中取下来的描绘战争的图片钉在木头墙上。那是一种艰苦的、凄凉的生活，没有欢乐，人人都为自己的利益打算。而这里，却是一个温暖舒适的栖息之地，它能让人疲倦的双眼得到休息，能使人的某种天性得以更新。在长时间的禁食以后，当艺术品呈现在眼前，这种天性认识到它一直处于无意识的饥饿之中，而现在找到了营养滋补品，而不论这些艺术品可能是怎样低劣，怎样朴素。我不能相信一块残缺的地毯会使我的感官得到如此愉快的享受，如此心满意足；或者说，我没有想到，房间里的一切会给我的灵魂以这样的慰藉：那糊墙纸，那些带框的版画，铺在沙发上的扶手和靠背上的色彩鲜艳的小垫布和台灯座下的衬垫，几把温莎时代的细骨靠椅，还有陈列着海贝、书籍和瓷花瓶的锃（zèng）光透亮的古董架，以及那种种随意搁置物品的细巧方法和风格，它们是女人的手治理的痕迹，你见了不会在意，而一旦拿走，你立刻又会怀念不已。我内心的快乐从我的脸上表现出来，那男人见了很是欢喜；因为这快乐是这样显而易见，以致他就像我们已经谈到过这个话题似的答道：

"都是她弄的，"他爱抚地说，"都是她亲手弄的——全都是。"他向屋子瞥了一眼，眼里充满了深情的崇拜。画框上方，悬挂着一种柔软的日本织物，女人们看似随意，实为精心地用它来装饰，那男人注意到它不太整齐，他小心翼翼地把它重新整理好，然后退后几步观察整理的效果，这样反复了好几次，直到他完全满意。他用手掌轻轻地拍打它最后两下，说："她总是这样弄的。你说不出它正好差点什么，可是它的确是差点儿什么，直到你把它弄好——弄好以后也只有你自己知道，但是也仅此而已；你找不出它的规律。我估摸着，这就好比母亲给孩子梳完头以后再最后拍两下一样。我经常看她侍弄这些玩意儿，所以我也能完全照着她的样子做了，尽管我不知其中的规律。可是她知道，她知道侍弄它们的理由和办法；我却不知道理由，我只知道方法。"

他把我带进一间卧室让我洗手。这样的卧室我是多年不见了：白色的床罩，白色的枕头，铺了地毯的地板，裱了糊墙纸的墙壁，墙上有好些画，还有一个梳妆台，上面放着镜子、针插和轻巧精致的梳妆用品；墙角放着一个脸盆架，一个真瓷的钵子和一个带嘴的有柄大水罐，一个瓷盘里放着肥皂，在一个搁物架上放了不止一打的毛巾——对于一个很久不用这种毛巾的人来说，它们真是太干净太洁白了，没有点朦胧的亵（xiè）渎（dú）神灵的意识还不敢用呢。我的脸上又一次说出了心里的话，于是他心满意足地答道：

"都是她弄的；都是她亲手弄的——全都是。这儿没一样东西不是她亲手摸过的。好啦，你会想到的——我不必说那么多啦。"

这当儿，我一面擦着手，一面仔细地扫视屋里的物品，就像到了新地方的人都爱做的那样，这儿的一切都使我赏心悦目。接着，你知道，我以一种无法解释的方式意识到那男人想要我自己在这屋里的某个地方发现某种东西，我的感觉完全准确，我看出他正试着用眼角偷偷地暗示来帮我的忙，我也急于使他满意，于是就很卖劲地按恰当的途径寻找起来。我失败了好几次，因为我是从眼角往外看，而他并没有什么反应。但是我终于明白了我应该直视前方的那个东西——因为他的喜悦像一股无形的浪潮向我袭来。他爆发出一阵幸福的笑声，搓着两手，叫道：

"就是它！你找到了。我就知道你会找到的。那是她的相片。"

前面墙上有一个黑色胡桃木的小托架，我走到跟前，确实在那儿发现了我先前还不曾注意到的一个相框，相片是早期的照相术照的。那是一个极温柔、极可爱的少女的脸庞，在我看来，似乎是我所见过的最为美丽的女人。那男人吮吸了我流露在脸上的赞叹，满意极了。

"她过了十九岁的生日，"他说着把相片放回原处，"我们就是在她生日那天结的婚。你见到她时——哦，只有等一等你才能见到她！"

"她在什么地方？什么时候在家？"

"哦，她现在不在家。她探望亲人去了。他们住在离这儿四五十英里远的地方。到今天她已经走了两个星期了。"

"你估计她什么时候回来？"

"今天是星期三。她星期六晚上回来，可能在 9 点钟左右。"

我感到一阵强烈的失望。

"我很遗憾，因为那时候我已经走了。"我惋（wǎn）惜地说。

"已经走了？不，你为什么要走呢？请别走吧，她会非常失望的。"

她会失望——那美丽的尤物！倘若是她亲口对我说这番话，那我就是最最幸福的人了。我感觉到一种想见她的深沉强烈的渴望，这渴望带着那样的祈求，是那样的执着，使得我害怕起来。我对自己说："我马上要离开这里，为了我的灵魂得到安宁。"

"你知道，她喜欢有人来和我们待在一起——那些见多识广，善于谈吐的人——就像你这样的人。这使她感到快乐；因为她知道——啊，她几乎什么都知道，而且也很能交谈，嗯，就像一只小鸟——她还读很多书，噢，你会吃惊的。请不要走吧，不会耽搁你很久，你知道，她会非常失望的。"

我听了这些话，却几乎没有留意。我深陷在内心的思索和矛盾斗争中。他走开了，我却不知道。很快他回来了，手里拿着那个相框，把它拿到我面前说：

"喏，这会儿你当着她的面对她说，你本来是可以留下来见她的，可是你不愿意。"

第二次看见她，使我本来坚定不移的决心彻底瓦解了，我愿意留下来冒冒险。那天晚上我们安安静静地抽着烟斗聊天，一直聊到深夜。我们聊了各种话题，不过主要都和她有关。很久以来，我确实没有过这么愉快这么悠闲的时光了。星期四来了，又轻松自在地溜走了。黄昏时分，一个大个子矿工从三英里外来到这儿。他是那种头发灰白、无依无靠的拓荒者。他用沉着、庄重的口气同我们热情地打过招呼，然后说：

"我只是顺便来问问小夫人的情况，她什么时候回来？她有信来吗？"

"哦，是的，有一封信，你愿意听听吗，汤姆？"

"呃，如果你不介意，我想我是愿意听听的，亨利！"

亨利从皮夹子里把信拿出来，说如果我们不反对的话，他将跳过一些私人用语，然后他读了起来。他读了来信的大部分——这是一件她亲手完成的妩（wǔ）媚（mèi）优雅的作品，充溢着爱恋安详的感情。在信的附言中，还满怀深情地问候和祝福汤姆、乔、查利以及其他的好友和邻居们。

当他读完时，他瞥了一眼汤姆，叫道：

"啊哈，你又是这样！把你的双手拿开，让我看看你的眼睛。我读她的信你总是这样，我要写信告诉她。"

"啊不，你千万别这样，亨利。我老啦，你知道，任何一点小小的失望都会使我流泪。我以为她已经回来了，可现在你只收到一封信。"

"咦，你这是怎么啦？我以为大家都知道她要到星期六才回来的呀。"

"星期六！哈，想起来啦，我的确是知道的。我怀疑最近我的脑子是不是出了毛病？我当然知道啦。我们干吗不为她做好一切准备呢？好了，我现在得走了，不过她回来时我会来的，老伙计！"

星期五傍晚，又来了一个头发灰白的老淘金人，他住的小木屋离这儿差不多一英里。他说小伙子们想在星期六晚上来热闹热闹，痛痛快快地玩一玩，如果亨利认为她在旅行之后不至于疲倦得支持不住的话。

"疲倦？她会感到疲倦？哼，听他说的！乔，你知道，不管你们当中的谁，只要你们高兴，她愿意一连六个星期不睡觉的!"

当乔听说有封信时,就请求读给他听。信里对他亲切的问候使这个老伙伴控制不住自己的感情;但是他说,他老了,不中用啦,尽管她只是提到他的名字,那也使他受不了。"上帝,我们多么想念她呀!"

星期六下午,我发现自己不时地看表。亨利注意到了,他带着惊讶的神情说道:

"你认为她不会很快就到,是吗?"

我像被人发现了内心秘密似的感到有些窘迫。不过我笑着说,我等人的时候就是这么个习惯。但是他似乎不太满意;从那一刻起,他开始有点心神不安。他四次拉我沿着大路走到一处,从那儿我们可以看到很远的地方;他总是站在那儿,手搭凉棚,眺望着。好几次他这么说:

"我有些担心了,我真担心。我知道她在九点以前不会到的,可是好像有什么老是想警告我出了什么事儿。你想不会出什么事儿的,是吧?"

他就这样反反复复地说了好几遍。我开始为他的幼稚可笑感到非常害臊(sào)。终于,在他又一次乞求地

— 77 —

问我时，我失去了耐心。我跟他讲话时态度很粗鲁。这似乎使他完全萎缩了，还把他吓唬住了。这以后他看起来是这样受伤害，态度是这样谦卑，以致我憎恨自己干了这件残酷的不必要的事。因此，当夜幕开始降临、另一个老淘金人查利到来时，我非常高兴。他紧挨着亨利身旁听他读信，商量欢迎她的准备工作。查利一句接一句地说出热情亲切的话语，尽力驱散他朋友的不祥和恐惧之感。

　　"她出过什么事吗？亨利，那纯粹是胡说。什么事儿也不会发生在她身上的；你就放宽心吧。信上是怎么说来着？说她很好不是吗？说她九点到家，不是吗？你见过她说话不算话吗？唔，你从来没见过。好啦，那就别再烦恼啦；她会回来的，那是绝对肯定的，就像你的出生一样确定无疑。来吧，让我们来布置屋子吧——没有多少时间啦。"

　　很快汤姆和乔也来了。于是大家就动手用鲜花把屋子装饰起来。快到九点时，这三个矿工说，他们还带来了乐器，也可以奏起来了，因为小伙子们和姑娘们很快就要到了，他们都非常想跳一跳美妙的老式的"布霄克道恩"舞。一把小提琴，一把班卓琴，还有一支单簧管——就是这些乐器。他们一起奏起了三重奏，奏的是一些轻快的舞曲，还一面用大靴子踏着节拍。

时间快到 9 点了。亨利站在门口，眼睛直盯着大路，内心的痛苦折磨得他有些站立不稳。伙伴们几次让他举起杯来为他妻子的健康和平安干杯。这时汤姆高声喊道：

"请大家举杯！再喝一杯，她就到家啦！"

乔用托盘端来了酒，分给大家，最后剩下两杯，我拿起了其中一杯，但是乔压低了嗓子吼道：

"别拿这一杯！拿那一杯。"

我照他说的做了。亨利接过了剩下的那杯。他刚喝完这杯酒，时钟开始敲 9 点。他听着钟敲完，脸色变得越来越苍白，他说：

"伙伴们，我很害怕，帮帮我——我要躺下！"

他们扶他到沙发上，他躺下去开始打起瞌（kē）睡来。可是一会儿，他像在睡梦中说话一样：

"我听见马蹄声了吧？是他们来了吗？"

一个老淘金人靠近他的身边说："这是吉米·帕里

什，他来说他们在路上耽搁了，不过他们已经上路了，正往这里赶呢。她的马瘸了，但再过半小时她就到家了。"

"啊，谢天谢地，没出什么事儿！"

话还没说完他就几乎睡着了。这些人马上灵巧地帮他脱了衣服，把他抱到我洗手的那间卧室的床上，给他盖好了被子。他们关上门，走了回来，可是他们似乎就准备动身离开了。我说："别走呀，先生们，她不认识我呀，我是个生人。"

他们互相看了看，然后乔说：

"她？可怜的人儿，她死了十九年啦！"

"死了？"

"或许比这更糟呢。她结婚半年后回家探望她的亲人。在回来的路上，就在星期六的晚上，在离这儿五英里的地方被印第安人抢走啦。从此以后就再没听到过她的消息。"

"结果他就精神失常了吗？"

"从那时起他就一直没再清醒过。不过他只是每年到这个时候才更糟。在她要回来的前三天，我们就开始到这儿来，鼓励他打起精神，问问他是否接到她的来信；星期六我们都到这儿来，用鲜花装点屋子，为舞会做好一切准备。十九年来，我们年年都这样做。第一年的星期六我们有二十七个人，还不算姑娘们；现在只有我们三人了，姑娘们都走了。我们给他吃药让他睡觉，要不他会发疯的。于是他又会乖乖地等着来年——想着她和他在一起，直到这最后的三四天，他又开始寻找她，拿出那封可怜的旧信，我们就来请求他读给我们听。上帝啊，她是一个可爱的人啊！"

（陈颀　译）

百万英镑

　　我二十七岁那年，在旧金山一个矿业经纪人那里当办事员，对证券交易的详情颇为精通。当时我在社会上是孤零零的，除了自己的智慧和清白的名声之外，别无依靠；但是这些长处就使我站稳了脚跟，并有可能走上幸运的路，所以我对于前途是很满意的。

　　每逢星期六午饭之后，我的时间就归自己支配了，我照例在海湾里把时光消磨在游艇上。有一天我冒失地把船驶出海湾，一直漂到大海里去了。傍晚，我几乎是绝望了的时候，有一艘开往伦敦的双桅帆船把我救了起来。那是远程的航行，而且风浪很大，他们叫我当了一个普通的水手，以工作代替船费。我在伦敦登岸的时候，衣服褴（lán）褛（lǚ）肮脏，口袋里只剩了一块钱。这点钱只供了我二十四小时的食宿。那以后的二十四小时中，我既没有东西吃，也无处容身。

第二天上午大约十点钟，我饿着肚子，狼狈不堪，正在波特兰路拖着脚步走，刚好有一个小孩子由保姆牵着走过，把一只美味的大梨扔到了阴沟里——只咬过一口。不消说，我站住了，用贪婪的目光盯住那泥泞的宝贝。我垂涎（xián）欲滴，肚子也渴望着它，全副生命都在乞求它。可是我每次刚一动手想去拿它，老是有过路人的眼睛看出了我的企图，当然我就只好再把身子站直，显出若无其事的神气，假装根本就没有想到过那只梨。这种情形老是一遍又一遍地发生，我始终无法把那只梨拿到手。后来我简直弄得无可奈何，正想不顾一切体面，硬着头皮去拿它的时候，忽然我背后有一扇窗户打开了，一位先生从那里面喊道：

"请进来吧。"

一个穿得很神气的仆人让我进去了，他把我引到一个豪华的房间里，那儿坐着两位年长的绅士。他们把仆人打发出去，叫我坐下。他们刚吃完早饭，我一见那些残汤剩菜，几乎不能自制。我在那些食物面前，简直难以保持理智，可是人家并没有叫我尝一尝，我也就只好尽力忍住那股馋劲儿了。

在那以前不久，发生了一桩事情，但是我对这回事一点也不知道，过了许多日子以后才明白；现在我就要把一切经过告诉你。那两弟兄在前两天发生过一场颇为激烈的争辩，最后双方同意用打赌的方式来了结，那是英国人解决一切问题的办法。

你也许还记得，英格兰银行有一次为了与某国办理一项公家交易之类的特殊用途，发行过两张巨额钞票，每张一百万镑。不知什么原因，只有一张用掉和注销了，其余一张始终保存在银行的金库里。这兄弟两人在闲谈中忽然想到，如果有一个非常诚实和聪明的外方人漂泊到伦敦，毫无亲友，手头除了那张一百万镑的钞票而外，一个钱也没有，而且又无法证明他自己是这张钞票的主人，那么他的命运会是怎样。哥哥说他会饿死；弟弟说他不会。哥哥说他不能把它拿到银行或是其他任何地方去使用，因为他马上就会当场被捕。于是他们继续争辩下去，后来弟弟说他愿意拿两万镑打赌，认定那个人无论如何可以靠那一百万生活三十天，而且还不会进牢狱。哥哥同意打赌。弟弟就到银行里去，把那张钞票买了回来。你看，那是十足的英国人的作风，浑身都是胆量。然后他口授了一封信，由他的一个书记用漂亮的正楷字写出来；于是那弟兄俩就在窗口坐了一整天，守候着一个适当的人出现，好把这封信给他。

他们看见许多诚实的面孔经过，可是都不够聪明；还有许多虽然聪明，却又不够诚实；另外还有许多面孔，两样都合格，可是面孔的主人又不够穷，再不然就是虽然够穷的，却又不是外方人。反正总有一种缺点，直到我走过来才解决了问题；他们都认为我是完全合格的，因此一致选定了我，于是我就在那儿等待着，想知道他们为什么把我叫了进去。他们开始向我提出了一些问题，探询关于我本身的事情，不久他们就知道了我的经历。最后他们告诉我说，我正合乎他们的目的。我说我由衷地感到高兴，并且问他们究竟是怎么回事。于是他们之中有一位交给我一个信封，说是我可以在信里找到说明，我正待打开来看，他却说不行，叫我拿回住所去，仔细看看，千万不要马马虎虎，也不要性急。我简直莫名其妙，很想再往下谈一谈这桩事情，可是他们却不干；于是我只得告辞，心里颇觉受了委屈，感到受了侮辱，因为他们分明是在干一桩什么恶作剧的事情，故意拿我来当笑料，而我却不得不容忍着，因为我在当时的处境中，是不能对有钱有势的人们的侮辱表示怨恨的。

现在我本想去拾起那只梨来，当着大家的面把它吃掉，可是梨已经不在了，因此我为了这桩倒霉的事情失去了那份食物。一想到这点，我对那两个人自然更没有好感。我刚一走到看不见那所房子的地方，就把那只信封打开，看见里面居然装着钱！说老实话，我对那两个人的印象马上就改变了！我片刻也没有耽误，把信和钞票往背心口袋里一塞，立即飞跑到最近的一个廉价饭店里去。啊，我是怎么个吃法呀！最后我吃得再也装不下去的时候，就把钞票拿出来，摊开望了一眼，我几乎晕倒了。一百万元！哎，这一下子可叫我的脑子直发晕。

我在那儿坐着发愣，望着那张钞票直眨眼，大约足有一分钟，才清醒过来。然后我首先发现的是饭店老板，他的眼睛望着钞票，也给吓呆了。他以全副身心贯注着，羡慕不已，可是看他那样子，好像是手脚都不能

— 86 —

动弹似的。我马上计上心来，采取了唯一可行的合理办法。我把那张钞票伸到他面前，满不在乎地说道：

"请你找钱吧。"

这下子他才恢复了常态，百般告饶，说他无法换开这张钞票；我拼命塞过去，他却连碰也不敢碰它一下。他很愿意看看它，把它一直看下去，好像是无论看多久也不过瘾似的，可是却避开它，不敢碰它一下，就像是这张钞票神圣不可侵犯，可怜的凡人连摸也不能摸一摸似的。我说：

"这叫你不大方便，真是抱歉；可是我非请你想个办法不可。请你换一下吧；另外我一个钱也没有了。"

可是他说那毫无关系，他很愿意把这笔微不足道的饭钱记在账上，下次再说。我说可能很久不再到他这带地方来；他又说那也没有关系，他尽可以等，而且只要我高兴，无论要吃什么东西，尽管随时来吃，继续赊账，无论多久都行。他说他相信自己不至于光只因为我的性格诙谐，在服装上有意和大家开开玩笑，就不敢信任我这样一位阔佬。这时候另外一位顾客进来了，老板暗示我把那个怪物藏起来，然后一路鞠躬地把我送到门口。我马上就一直往那所房子那边跑，去找那两弟兄，为的是要纠正刚才弄出来的错误，并叫他们帮忙解决这个问题，以免警察找到我，把我抓起来。我颇有些神经紧张。事实上，我心里极其害怕，虽然这事情当然完全不能归咎于我；可是我很了解人们的脾气，知道他们发现自己把一张一百万镑的钞票当成一镑给了一个流浪汉的时候，他们就会对他大发雷霆（tíng），而不是按理所当然的那样，去怪自己的眼睛近视。我走近那所房子的时候，我的紧张情绪渐渐平静下来了，因为那儿毫无动静，使我觉得那个错误一定还没有被发觉。我按了门铃。还是原先那个仆人出来了。我说要见那两位先生。

"他们出门了。"这句回答说得高傲而冷淡，正是他这一类角色的口吻。

"出门了？上哪儿去了？"

"旅行去了。"

"可是上什么地方呢？"

"到大陆上去了吧，我想是。"

"到大陆上去了？"

"是呀，先生。"

"走哪一边——走哪一条路？"

"那我可说不清，先生。"

"他们什么时候回来呢？"

"过一个月，他们说。"

"一个月！啊，这可糟糕！请你帮我稍微想点儿办法，我好给他们写个信去。这是非常重要的事情哩。"

"我实在没有办法可想。我根本不知道他们上哪儿去了，先生。"

"那么我一定要见见他们家里的一个什么人才行。"

"家里人也都走了；出门好几个月了——我想是到埃及和印度去了吧。"

"伙计，出了一个大大的错误哩。不等天黑他们就会回来的。请你告诉他们一声好吗？就说我到这儿来过，而且还要接连再来找他们几次，直到把那个错误纠正过来；你要他们不必着急。"

"他们要是回来，我一定告诉他们，可是我估计他们是不会回来的。他们说你在一个钟头之内会到这儿来打听什么事情，叫我务必告诉你，一切不成问题，他们

— 89 —

会准时回来等你。"

于是我只好打消原意，离开那儿。究竟葫芦里卖的是什么药呀！我简直要发疯了。他们会"准时"回来。那是什么意思？啊，也许那封信会说明一切吧，我简直把它忘了；于是把信拿出来看。信上是这样说的：

> 你是个聪明和诚实的人，这可以从你的面貌上看得出的。我们猜想你很穷，而且是个异乡人。信里装着一笔款。这是借给你的，期限是三十天，不要利息。期满时到这里来交代。我拿你打了个赌。如果我赢了，你可以在我的委任权之内获得任何职务——这是说，凡是你能够证明自己确实熟悉和胜任的职务，无论什么都可以。

没有签名，没有地址，没有日期。

好家伙，这下子可惹上麻烦了！你现在是知道了这以前的原委的，可是我当时并不知道。那对我简直是个深不可测的、一团漆黑的谜。我丝毫不明白他们玩的是什么把戏，也不知道究竟是有意害我，还是好心帮忙。

于是我到公园里去，坐下来想把这个谜猜透，并且考虑我应该怎么办才好。

过了一个钟头，我的推理终于形成了下面这样一个判断。

也许那两个人对我怀着好意，也许他们怀着恶意；那是无法断定的——随它去吧。他们是耍了一个花招，或者玩了一个诡计，或是做了一个实验，反正总是这么回事；内容究竟怎样，无从判断——随它去吧。他们拿我打了一个赌；究竟是怎么赌的，无法猜透——也随它去吧。不能断定的部分就是这样解决了；这个问题的其余部分却是明显的、不成问题的，可以算是确实无疑的。如果我要求英格兰银行把这张钞票存入它的主人账上，他们是会照办的，因为他们认识他，虽然我还不知道他是谁；可是他们会问我是怎么把它弄到手的，我要是照实告诉他们，他们自然会把我送入游民收容所，如果我撒一下谎，他们就会把我关到牢里去。假如我打算拿这张钞票到任何地方去存入银行，或是拿它去抵押借款，那也会引起同样的结果。所以无论我是否情愿，我不得不随时随地把这个绝大的负担带在身边，直到那两个人回来的时候。它对我是毫无用处的，就像一把灰那么无用，然而我必须一面把它好好保管起来，仔细看守着，一面行乞度日。即便我打算把它白送给别人，那也送不掉，因为无论是老实的公民或是拦路行劫的强盗都决不肯接受它，或是跟它打什么交道。那两兄弟是安全的。即便我把钞票丢掉了，或是把它烧了，他们还是安然无事，因为他们可以叫银行止兑，银行就会让他们恢复主权；可是同时我却不得不受一个月的活罪，既无工资，又无利益——除非我帮人家赢得那场赌博（不管赌的是什么），获得人家答应给我的那个职位。我当然是愿意得到那个职位的，像他们那种人，在他们的委任权之内的职务是很值得一干的。

于是我就翻来覆去地想着那个职位。我的愿望开始飞腾起来。无疑的，薪金一定很多。过一个月就要开始，以后我就万事如意了。因此顷刻之间，我就觉得兴高采烈。这时候我又在街上溜达了。一眼看到一个服装店，我起了一阵强烈的欲望，很想扔掉这身褴褛的衣服，让自己重新穿得像个样子。我制得起新衣服吗？不行，我除了那一百万镑而外，什么也没有。所以我只好强迫着自己走开。可是过了一会儿我又溜回来了。那种诱惑无情地折磨着我。在那一场激烈的斗争之中，我一定是已经在那家服装店门口来回走了五六次。最后我还是屈服了，我不得不如此。我问他们有没有做得不合身、被顾客拒绝接受的衣服。我所问的那个人一声不响，只向另外一个人点点头。我向他所指的那个人走过去，他也是一声不响，只点点头把我交代给另外一个人。我向那个人走过去，他说：

"马上就来。"

我等候着，一直等他把手头的事办完，然后他才领着我到后面的一个房间里去，取下一堆人家不肯要的衣服，选了一套最蹩脚的给我。我把它穿上。衣服并不合身，而且一点也不好看，但它是新的，我很想把它买下来；所以我丝毫没有挑剔，只是颇为胆怯地说道：

"请你们通融通融，让我过几天再来付钱吧。我身边没有带着零钱哩。"

那个家伙摆出一副非常刻薄的嘴脸，说道：

"啊，是吗？哼，当然我也料到了你没有带零钱。我看像你这样的阔人是只会带大票子的。"

这可叫我冒火了，于是我就说：

"朋友，你对一个陌生人可别单凭他的穿着来判断他的身份吧。这套衣服的钱我完全出得起，我不过是不愿意叫你们为难，怕你们换不开一张大钞票罢了。"

他一听这些话，态度稍微改了一点，但是他仍旧有点摆着架子回答我：

"我并不见得有多少恶意，可是你要开口教训人的话，那我倒要告诉你，像你这样凭空武断，认为我们换不开你身边可能带着的什么大钞票，那未免是瞎操心。恰恰相反，我们换得开！"

我把那张钞票交给他，说道：

"啊，那好极了。我向你道歉。"

他微笑着接了过去，那种笑容是遍布满脸的，里面还有褶（zhě）纹，还有皱纹，还有螺旋纹，就像你往池塘里抛了一块砖那样；然后当他向那张钞票瞟（piǎo）了一眼的时候，这个笑容就马上牢牢地凝结起来了，变得毫无光彩，恰似你所看到的维苏威火山边那些小块平地上凝固起来的波状的、满是蛆（qū）虫似的一片一片的熔岩一般。我从来没有看见过谁的笑容陷入这样的窘况，而且继续不变。那个角色拿着钞票站在那儿，老是那副神气，老板赶紧跑过来，看看是怎么回事，他兴致勃勃地说道：

"喂，怎么回事？出了什么岔子吗？还缺什么？"

我说："什么岔子也没有。我在等他找钱。"

"好吧，好吧。托德，快把钱找给他，快把钱找给他。"

托德回嘴说："把钱找给他！说说倒容易哩，先生，可是请你自己看看这张钞票吧。"

老板望了一眼，吹了一声轻快的口哨，然后一下子钻进那一堆被顾客拒绝接受的衣服里，把它来回翻动，同时一直很兴奋地说着话，好像在自言自语似的：

"把那么一套不像样子的衣服卖给一位脾气特别的百万富翁！托德简直是个傻瓜——天生的傻瓜。老是干出这类事情。把每一个大阔佬都从这儿撵跑了，因为他分不清一位百万富翁和一个流浪汉，而且老是没有这个眼光。啊，我要找的那一套在这儿哩。请您把您身上那些东西脱下来吧，先生，把它丢到火里去吧。请您赏脸把这件衬衫穿上，还有这套衣服。正合适，好极了——

又素净，又讲究，又雅致，简直就像个公爵穿得那么考究。这是一位外国的亲王定做的——您也许认识他哩，先生，就是哈利法克斯公国的亲王殿下；因为他母亲病得快死了，他就只好把这套衣服放在我们这儿，另外做了一套丧服——可是后来他母亲并没有死。不过那都没问题，我们不能叫一切事情老照我们……我是说，老照他们……哈！裤子没有毛病，非常合您的身，先生，真是妙不可言；再穿上背心，啊哈，又很合适！再穿上上身——我的天！您瞧吧！真是十全十美——全身都好！我一辈子还没有缝过这么得意的衣服哩。"

我也表示了满意。

"您说得很对，先生，您说得很对，这可以暂时对付着穿一穿，我敢说。可是您等着瞧我们照您自己的尺寸做出来的衣服是什么样子吧。喂，托德，把本子和笔拿来，快写。腿长三十二……"如此这般等等。我还没有来得及插上一句嘴，他已经把我的尺寸量好了，并且吩咐赶制晚礼服、便装、衬衫，以及其他一切。后来我有了插嘴的机会，我就说：

"可是，老兄，我可不能定做这些衣服呀，除非你能无限期地等我付钱，要不然你能换开这张钞票也行。”

"无限期！这几个字还不够劲，先生，还不够劲。您得说永远永远——那才对哩，先生。托德，快把这批订货赶出来，送到这位先生公馆里去，千万别耽误。让那些小主顾们等一等吧。把这位先生的住址写下来，过几天……"

"我快搬家了。我随后再来把新住址给你们留下吧。"

"您说得很对，先生，您说得很对。您请稍等一会儿——我送您出去，先生。好吧——再见，先生，再见。"

哈，你明白从此以后会发生一些什么事情吗？我自然是顺水推舟，不由自主地到各处去买我所需要的一切东西，老是叫人家找钱。不出一个星期，我把一切需要的讲究东西和各种奢侈品都置备齐全，并且搬到汉诺威广场一家不收普通客人的豪华旅馆里去住了。我在那里吃饭，可是早餐我还是照顾哈里士小饭铺，那就是我当初靠那张一百万镑钞票吃了第一顿饭的地方。我一下给哈里士招来了财运。消息已经传遍了，大家都知道有一个背心口袋里带着一百万镑钞票的外国怪人光顾过这个地方。这就够了。原来不过是个可怜的、撑一天算一天的、勉强混口饭吃的小买卖，这一下子可出了名，顾客多得应接不暇。哈里士非常感激我，老是拼命把钱借给我花，推也推不脱。因此我虽然是个穷光蛋，可是老有钱花，就像阔佬和大人物那么过日子。我猜想迟早总会有一天西洋镜要被拆穿，可是我既已下水，就不得不泅过水去，否则就会淹死。你看，当时我的处境本来不过是一出纯粹的滑稽剧，可是就因为有了那种紧急的大祸临头的威胁，却使事情具有严重的一面和悲剧的一面。一到晚上，天黑之后，悲剧的部分就占上风，老是警告我，威胁我；所以我就只有呻吟，在床上翻来覆去，很难睡着觉。可是一到欢乐的白天，悲剧的成分就渐渐消失得无影无踪了，于是我就扬扬得意，简直可以说是快活到昏头昏脑、如痴如狂的地步。

那也是很自然的，因为我已经成为全世界最大都会的有名人物之一了，这使我颇为骄傲，并不只是稍有这种心理，而是得意忘形。你随便拿起一种报纸，无论是英国的、苏格兰的，或是爱尔兰的，总要发现里面有一两处提到那个"随身携带一百万镑钞票的角色"和他最近的行动和谈话。起初在这些提到我的地方，我总被安排在"人事杂谈"栏的最下面，后来我被排列在爵士之上，再往后又在从男爵之上，再往后又在男爵之上，由此类推，随着名声的增长，地位也步步上升，直到我达到了无可再高的高度，就继续停留在那里，居于一切王室以外的公爵之上，除了全英大主教而外，我比所有的宗教界人物都要高出一头。可是你要注意，这还算不上名誉，直到这时候为止，我还不过是闹得满城风雨而已。然后就来了登峰造极的幸运——可以说是像武士受勋那个味道——于是转瞬之间，就把那容易消灭的铁渣似的丑名声·变而为经久不灭的黄金似的好名声了：《谐趣》杂志登了描写我的漫画！是的，现在我成名了，我的地位已经肯定了。难免仍然有人拿我开玩笑，可是玩笑之中却含着几分敬意，不那么放肆、那么粗野了；可能还有人向我微微笑一笑，却没有人向我哈哈大笑了。做出那些举动的时候已经过去了。《谐趣》把我画得满身破衣服的碎片都在飘扬，和一个伦敦塔的卫兵做一笔小生意，正在讲价钱。啊，你可以想象得到那是个什么滋味：一个年轻小伙子，从来没有被人注意过，现在忽然之间，随便说句什么话，马上就会有人把它记住，到处传播出去；随便到哪儿走动一下，总不免经常听见人家一个个辗转相告："那儿走着的就是他，就是他！"吃早餐的时候，也老是有一大堆人围着看；一到歌剧院的包厢，就要使得无数观众的望远镜的火力都集中到我身上。啊，我简直就一天到晚在荣耀中过日子——十足是那个味道。

你知道吗，我甚至还保留着我那套破衣服，随时穿着它出去，为的是享受享受过去那种买小东西的愉快。我一受了侮辱，就拿出那张一百万镑的钞票来，把奚落我的人吓死。但是我这套把戏玩不下去了。杂志已经把我那套服装弄得尽人皆知，以致我一穿上它跑出去，马上就被大家认出来了，而且有一群人尾随着我。如果我打算买什么东西，老板还不等我掏出我那张大票子来吓唬他，首先就会自愿把整个铺子里的东西赊给我。

大约在我的声名传播出去的第十天，我就去向美国公使致敬，借以履行我对祖国的义务。他以适合于我那种情况的热忱接待了我，责备我不应那么迟才去履行这种手续，并且说那天晚上他要举行宴会，恰好有一位客人因病不能来，我唯一能够取得他的谅解的办法，就是坐上那个客人的席位，参加宴会。我同意参加，于是我们就开始谈天。从谈话中我才知道他和我父亲从小就是同学，后来又同在耶鲁大学读书，一直到我父亲去世，他们始终是很要好的。所以他叫我一有空闲，就到他家里去，这，我当然是很愿意的。

事实上，我不但愿意，我还很高兴。一旦大祸临头，他也许还有什么办法可以挽救我，免得我遭到完全的毁灭。我也不知道他能怎么办，可是他说不定能够想出办法来。现在已经过了这么久，我不敢冒失地把自己的秘密向他毫不隐讳地吐露；我在伦敦有这种奇遇，如果在开始的时候就遇见他，我是会赶快向他说明的。不行，现在我当然不敢说了，我已经陷入漩涡太深，这是说，陷入到不便冒失地向这么一位新交的朋友说老实话的深度了，虽然照我自己的看法，我还没有到完全灭顶的地步。因为，你知道吗，我虽然借了许多钱，却还是小心翼翼地使它不超过我的财产——我是说不超过我的薪金。当然我没法知道我的薪金究竟会有多少，可是有一点我是有充分的根据可以估计得到的，那就是，如果这次赌打赢了，我就可以任意选择那位大阔佬的委任权之内的任何职务，只要我能胜任——而我又一定是能胜任的；关于这一点，我毫不怀疑。至于人家打的赌呢，我也不担心，我一向是很走运的。说到薪金，我估计每年六百至一千镑。就算它头一年是六百镑吧，以后一年一年地往上加，一直到后来我的才干得到了证实，总可以达到那一千镑的数字。目前我负的债还只相当于我第一年的薪金。人人都想把钱借给我，可是我用种种借口谢绝了大多数人；所以我的债务只有三百镑借款，其余三百镑是赊欠的生活费和赊购的东西。我相信只要我继续保持谨慎和节省，我第二年的薪金就可以让我度过这一个月其余的日子，而我的确是打算特别注意，决不浪费。只待我这一个月完结，我的雇主旅行归来，我就一切都不愁了，因为我马上就可以把两年的薪金约期摊还给我的债主们，并且立即开始工作。

那天晚上的宴会非常痛快，共有十四个人参加。寿莱迪奇公爵和公爵夫人、他们的小姐安妮—格莱斯—伊莲诺—赛勒斯特——等等等等，德·波亨夫人、纽格特伯爵和伯爵夫人、奇普赛子爵、布莱特斯凯爵士和爵士夫人，还有些没有头衔的男女来宾、公使和他的夫人和小姐，还有他女儿的一位往来很密的朋友，是个二十二岁的英国姑娘，名叫波霞·郎汉姆。我在两分钟之内就爱上了她，她也爱上了我——我不用戴眼镜就看出来了。另外还有一个客人，是个美国人——可是我把故事后面的事情说到前面来了。在客厅里的客人一面吊着胃口等候用餐，一面冷淡地观察着迟到的客人们，这时候仆人又通报一位来客：

"劳埃德·赫斯丁先生。"

照例的礼节完了的时候，赫斯丁马上发现了我。他热情地伸出手，一直向我面前走来。当他正想和我握手时，突然停住，现出一副窘态说道：

"对不起，先生，我还以为认识您哩。"

"啊，你当然认识我啰，老朋友。"

"不。你莫非是——是——"

"腰缠万贯的怪物吗？就是我，一点不错。你尽管叫我的外号，无须顾忌，我已经听惯了。"

"哈，哈，哈，这可真是出人意料。有一两次我看到你的名字和这个外号连在一起，可是我从来没想到人家所说的那个亨利·亚当斯居然就是你。你在旧金山给布莱克·哈普金斯当办事员，光拿点薪水，离现在还不到半年哩，那时候你为了点额外津贴，就拼命熬夜，帮着我整理和核对高尔德和寇利扩展矿山的说明书和统计表。哪儿想得到你居然会到伦敦来，成了这么大的百万富翁，而且是个鼎鼎大名的人物！嗨，这真是'天方夜谭'的奇迹又出现了。伙计，这简直叫我无法理解，无法体会；让我歇一会儿，好叫我脑子里这一阵混乱平定下来吧。"

"可是事实上，劳埃德，你的境况也并不比我坏呀。我也不明白这是怎么回事哩。"

"哎呀，这的确是叫人大吃一惊的事情，是不是？我们俩到矿工饭店去的那一回，离今天刚好是三个月，那回我们……"

"不对，去的是迎宾楼。"

"对，确实是迎宾楼，深夜两点去的，我们拼了六个钟头把那些文件搞定，才到那儿去吃了一块排骨，喝了杯咖啡，当时我打算劝你和我一同到伦敦来，并且自告奋勇地要替你去告假，还答应给你出一切费用，只要买卖成功，我还要分点好处给你。可是你不听我的话，说我不会成功，你说你耽误不起，不能把工作的顺序打断，等到回来的时候不知要花多少时间才能接得上头。现在你却到这儿来了。这是多么稀奇的事情！你究竟是怎么来的，到底是什么原因使你交到这种不可思议的好运呢？"

"啊，那不过是一桩意外的事情。说来话长——简直可以说是一篇传奇小说。我会把一切经过告诉你，可是现在不行。"

"什么时候？"

"这个月底。"

"那还有半个多月哩。叫一个人的好奇心熬这么长一段时间，未免太令人难受了。一个星期好吧？"

"那不行。以后你会知道为什么。可是你的买卖做得怎么样呢？"

他的愉快神情马上烟消云散了，他叹了一口气，说道：

"你真是个地道的预言家，霍尔，地道的预言家。

我真后悔不该来。现在我真不愿意谈这桩事情。"

"可是你非谈不可。我们离开这儿的时候，你千万跟我一道走，今晚上就住在我那儿，把你的事情谈个痛快。"

"啊，真的吗？你是认真的吗？"他的眼睛里闪着泪花。

"是呀，我要听听整个故事，原原本本的。"

"我真是感激不尽！我在这儿经历过一切人情世故之后，想不到又能在别人的声音里和别人的眼睛里发现对我和我的事情的亲切关怀——天哪！我恨不得跪在地下给你道谢！"

他使劲紧握我的手，精神焕发起来，从此就痛痛快快、兴致勃勃地准备着入席——不过酒席还没有开始哩。不行，照例，问题发生了，那就是照那缺德的、可恼的英国规矩老是要发生的事情——席次问题解决不了，所以就吃不成饭。英国人出去参加宴会的时候，照例先吃了饭再去，因为他们很知道他们所要冒的危险；可是谁也不会警告一下外行的人，因此外行人就老老实实走入圈套了。当然这一次谁也没有上当，因为我们都有过参加宴会的经验，除了赫斯丁之外，一个生手也没有，而他又在公使邀请他的时候听到公使说过，为了尊重英国人的习惯，他根本就没有预备什么酒席；每位客人都挽着一位女客，排着队走进餐厅，因为照例是要经过这个程序的，可是争执就在这儿开始了。寿莱迪奇公爵要出人头地，要在宴席上坐首位，他说他比公使地位还高，因为公使只代表一个国家，而不是一个王国；可是我坚持我的权利，不肯让步。在杂谈栏里，我的地位高于王室以外的一切公爵，我就根据这个理由，要求坐在他的席位之上。我们虽然争执得很厉害，问题始终无法解决，后来他就冒冒失失地打算拿他的家世和祖先来炫耀一番，我猜透了他的王牌是征服王，就拿亚当将他顶了回去，我说我是亚当的嫡系后裔，由我的姓就可以证明，而他不过是属于支系的，这可以由他的姓和晚期的诺尔曼血统看出来。于是我们大家又排着队走回客厅，在那儿吃站席——一碟沙丁鱼，一份草莓，各人自行结合，站着吃。这儿的席次问题争得并不那么厉害，两个地位最高的贵客扔了一个先令来猜，赢了的人先尝草莓，输了的人得那个先令。然后其次的两位又猜，再轮到下面两位，依次类推。吃过东西之后，桌子搬过来了，我们大家一齐打克利贝，六个便士一局。英国人打牌从来不是为了什么消遣。如果不能赢钱或是输钱——是输是赢他们倒不在乎——他们就不玩。

我们玩得真痛快，开心的当然是我们俩——郎汉姆小姐和我。我简直让她弄得神魂颠倒，手里的牌一到两个顺以上，我就数不清，计分到了顶也老是看不出，又从外面的一排开始。本来是每一场都会打输的，幸亏那个姑娘也是一样，她的心情正和我的相同，你明白吧，所以我们俩老是玩个没完，谁也没有输赢，也根本不去想一想那是为什么。我们只知道彼此都很快活，其他一切我们都无心过问，并且还不愿意被人打搅。我干脆就告诉了她——我当真对她说了——我说我爱上了她。她呢——哈，她羞答答地，连头发都涨红了，可是她爱听我那句话，她亲自对我说的。啊，一辈子没有像那天晚上那么痛快过！我每次算分的时候，老是加上一个尾巴；她算分的时候，就表示默认我的意思，数起牌来也和我一样。我哪怕是说一声"再加两分"，也要添上一句："你长得多漂亮！"于是她就说："十五点得两分，再十五点得四分，又一个十五点得六分，再来一对得八分，又加八分就是十六分——你真有这个感觉吗?"——她从眼睫毛下面瞟着我，你明白吗，真漂亮，真可爱。啊，那实在是妙不可言！

可是我对她非常老实，非常诚恳。我告诉她说，我根本是一文不名，只有她听见大家说得非常热闹的那张一百万镑的钞票，而那张钞票又不是我的。这可引起了她的好奇心，于是我低声地讲下去，把全部经过从头到尾给她说了一遍，这差点儿把她笑死了。究竟她觉得有什么好笑的，我简直猜不透，可是她就老是那么笑。每过半分钟，总有某一点新的情节逗得她发笑，我就不得不停住一分半钟，好让她有机会平静下来。啊，她简直笑成残废了——真的，我从来没有见过这种笑法。我是说从来没有见过一个痛苦的故事——一个人的不幸、焦虑和恐惧的故事——竟会产生那样的反应。我发现她在没有什么事情可高兴的时候，居然这么高兴，因此就更加爱她了。你懂吗，照当时的情况看来，我也许不久就需要这么一位妻子哩。当然，我告诉了她，我们还得等两年，要等我的薪金还清了债之后才行；可是她对这点并不介意，她只希望我在花钱方面越小心越好，千万不要开支太多，丝毫也不能使我们第三年的薪金有受到侵害的危险。然后她又开始感到有点着急，怀疑我们是否估计错误，把第一年的薪金估计得高过我所能得到的。这倒确实很有道理，不免使我的信心减退了一些，心里不像从前那么有把握了；可是这使我想起了一个很好的主意，我就把它坦白地说了出来。

"波霞，亲爱的，到那一天我去见那两位先生的时候，你愿意陪我一道去吗?"

她稍微有点畏缩，可是她说：

"可——是——可——以，只要我陪你去能够给你壮壮胆。不过——那究竟合适不合适呢，你觉得?"

"嗯，我也不知道究竟合适不合适，事实上，我恐怕那确实不大好；可是你要知道，你去与不去，关系是很大的，所以……"

"那么我就决定去吧，不管它合适不合适，"她流露出一股可爱和豪爽的热情，说道。"啊，我一想到我也能对你有帮助，真是高兴极了!"

"你说有帮助吗，亲爱的? 啊，那是完全仗着你呀。

像你这么漂亮、这么可爱、这么迷人的姑娘陪我一道去，我简直可以把薪金的要求抬得很高很高，准叫那两个好老头儿破了产还不好意思拒绝哩。"

哈！你真该看到她那通红的血色涨到脸上来，那双快活的眼睛里发着闪光的神气啊！

"你这专会捧人的调皮鬼！你说的一句老实话也没有，不过我还是陪你去。也许可以给你一个教训，叫你别指望人家也用你的眼光来看人。"

我的疑团是否消除了呢？我的信心是否恢复了呢？你可以拿这个事实来判断：我马上就暗自把第一年的薪金提高到一千二百镑了。可是我没有告诉她，我留下这一着，好叫她大吃一惊。

一路回家的时候，我就像腾云驾雾一般，赫斯丁说个不停，我却一个字也没有听见。他和我走进我的会客室的时候，便很热烈地赞赏我那些各色各样的舒适陈设和奢侈用品，这才使我清醒过来。

"让我在这儿站一会儿，我要看个够。好家伙！这简直是皇宫——地道的皇宫！这里面一个人所能希望得到的，真是应有尽有，包括惬意的煤炉，还有晚餐也预备好了。亨利，这不仅叫我明白你有多么阔气，还叫我深入骨髓地看透我自己穷到了什么地步——我多么穷，多么倒霉，多么泄气，多么走投无路、一败涂地！"

真该死！这些话叫我直打冷战。他这么一说，把我吓得一下子醒过来，我恍然大悟，知道自己站在一块半英寸厚的地壳上，脚底下就是一座火山的喷火口。我原来根本就不知道自己是在做大梦——这就是说，刚才我不曾让自己明了这种情形。可是现在——哎呀哈！债台高筑，一文不名，一个可爱的姑娘的命运，是福是祸，关键在我手里，而我的前途却很渺茫，只有一份薪金，还说不定能否——啊，简直是绝不可能——实现！啊，啊，啊！我简直是完了，毫无希望！毫无挽救的办法！

"亨利，你每天的收入，只要你毫不在意地漏掉一点一滴，就可以……"

"啊，我每天的收入！来，喝下这杯热威士忌，把精神振作一下吧。我和你干这一杯！啊，不行——你饿了；坐下来，请……"

"我一点也吃不下，我不知道饿了。这些天来，我简直不能吃东西；可是我愿意陪你喝酒，一直喝到醉倒。来吧！"

"酒鬼对酒鬼，我一定奉陪！准备好了吗？我们就开始吧！好，劳埃德，现在趁我调酒的时候，你把你的故事讲一讲吧。"

"我的故事？怎么，再讲一遍？"

"再讲？你这是什么意思？"

"噢，我是说你还要再听一遍吗？"

"我还要再听一遍？这可叫我莫名其妙哩。等一等，你别再喝这种酒了吧。你喝了不相宜。"

"怎么的，亨利？你把我吓坏了。我到这儿来的时候，不是在路上把整个故事都给你讲过了吗？"

"你？"

"是呀，我。"

"真糟糕，我连一个字也没听见。"

"亨利，这可是桩严重的事情。真叫我难受。你在公使那儿干什么来着？"

这下子我才恍然大悟，于是我就爽爽快快地说了实话。

"我把世界上最可爱的姑娘——俘虏到手了！"

于是他一下子跑过来，我们就互相握手，拼命地握了又握，把手都握痛了。我们走了三英里路，一路上他一直都在讲他的故事，我却一个字都没有听见，他也并不见怪。他本是个有耐心的老好人，现在他乖乖地坐下，又从头到尾讲了一遍。概括起来，他的经历大致是这样：他抱着很大的希望来到英国，原以为自己有了一个难得的发财机会。他获得了"揽售权"，替高尔德和寇利扩展矿山计划的"勘测者"们出卖开采权，售价超出一百万元的部分都归他得。他曾极力进行，凡是他所知道的线索，他都没有放过，一切正当的办法他都试过了，他所有的钱差不多已经花得精光，可是始终不曾找到一个资本家相信他的宣传，而他的"揽售权"在这个月底就要满期了。总而言之，他垮台了。后来他忽然跳起来，大声喊道：

"亨利，你能挽救我！你能挽救我，而且你是世界上唯一能挽救我的人。你肯帮忙吗？你干不干？"

"你说怎么办吧。干脆说，伙计。"

"给我一百万和我回家的旅费，我把'揽售权'转让给你！你可别拒绝，千万要答应我！"

我当时觉得很苦恼。我几乎脱口而出地想这么说："劳埃德，我自己也是个穷光蛋呀——确实是一文不名，而且还负了债！"可是我突然灵机一动，计上心来，我拼命咬紧牙关，极力镇定下来，直到我变得像个资本家那么冷静。然后我以生意经的沉着态度说道：

　　"我一定救你一手，劳埃德——"

　　"那么我就等于已经得救了！老天爷永远保佑你！只要我有一天……"

　　"让我说完吧，劳埃德。我决定帮你的忙，可不是那个帮法，因为你拼命干了一场，还冒了那么多风险，那个办法对你是不公道的。我并不需要买矿山，我可以让我的资本在伦敦这么个商业中心周转，无须搞那种事业。我在这儿就经常是这么活动的。现在我有这么一个办法。那个矿山我当然知道得很清楚，我知道它的了不起的价值，随便谁叫我赌个咒我都干。你尽管用我的名义去兜揽，在两星期之内就可以作价三百万现款卖掉，赚的钱我们俩对半分好了。"

　　你知道吗，要不是我把他绊倒，拿绳子把他捆起来的话，他在一阵狂喜中乱蹦乱跳，简直会把家具都弄成柴火，我那儿的一切东西都会叫他捣毁了。

于是他非常快活地躺在那儿，说道：

"我可以用你的名义！你的名义——好家伙！嘿，他们会一窝蜂跑来，这些伦敦的阔佬们，他们会抢购这份股权！我已经成功了，永远成功了，我一辈子也忘不了你！"

还不到二十四小时的光景，伦敦就热闹开了！我一天天都终日无所事事，光只坐在家里，对探询的来客们说：

"不错，是我叫他要你们来问我的。我知道这个人，也知道这个矿。他的人格是无可非议的，那个矿的价值比他所要求的还高得多。"

同时我每天晚上都在公使家里陪波霞玩。关于矿山的事，我对她只字不提，故意留着叫她大吃一惊。我们只谈薪金，除了薪金和爱情之外，绝口不谈别的；有时候谈爱情，有时候谈薪金，有时候连爱情带薪金一起谈。啊！公使的太太和小姐对我们的事情多么关怀，她们千方百计不叫我们受到打搅，并且让公使老在闷葫芦里，丝毫不知道这个秘密，真是煞费苦心——她们这样对待我们，真是了不起！

后来到了那个月末尾，我已经在伦敦银行立了一百万元的存折，赫斯丁也有了那么多存款。我穿上最讲究的衣服，乘着车子从波特兰路那所房子门前经过，从一切情况判断，知道我那两个角色又回来了。于是我就到公使家里去接我的宝贝，再和她一道往回转，一路拼命地谈着薪金的事。她非常兴奋和着急，这种神情简直使她漂亮得要命。我说：

"亲爱的，凭你这个漂亮的模样儿，要是我提出薪金的要求，比每年三千镑少要一个钱都是罪过。"

"亨利，亨利，你别把我们毁了吧！"

"你可别担心。你只要保持那副神气就行了，一切有我。准会万事如意。"

结果是，一路上我还不得不给她打气。她老是劝我不要太大胆，她说：

"啊，请你记住，我们要是要求得太多，那就说不定根本得不到什么薪金；结果我们弄得走投无路，无法谋生，那会遭到什么结局呢？"

又是那个仆人把我们引了进去，果然那两位老先生都在家。他们看见那个"仙女"和我一道，当然非常惊奇，可是我说：

"这没有什么，先生们，她是我未来的伴侣和内助。"

于是我把她介绍给他们，并且直呼他们的名字。这并不使他们吃惊，因为他们知道我会查姓名住址簿。他们让我们坐下，对我很客气，并且很热心地使她解除局促不安的感觉，尽力叫她感到自在。然后我说：

"先生们，我现在准备报告了。"

"我们很高兴听，"我那位先生说，"因为现在我们可以判断我哥哥亚培尔和我打的赌谁胜谁负了。你要是给我赢了，就可以得到我的委任权以内的任何职位。那张一百万镑的钞票还在吗？"

"在这儿，先生。"我马上就把它交给他。

"我赢了！"他叫喊起来，同时在亚培尔背上拍了一下，"现在你怎么说呢，哥哥？"

"我说他的确是熬过来了，我输了两万镑。我本来是决不会相信的。"

"另外我还有些事情要报告，"我说，"话可长得很。

请你们让我随后再来，把我这整个月里的经过详细地说一遍，我担保那是值得一听的。现在请你们看看这个。"

"啊，怎么！二十万镑的存单。那是你的吗？"

"是我的。这是我把您借给我的那笔小小的款子适当地运用了三十天赚来的。我只不过拿它去买过一些小东西，叫人家找钱。"

"哈，这真是了不起！简直不可思议，伙计！"

"算不了什么，我以后可以说明原委。可别把我的话当作无稽之谈。"

可是现在轮到波霞吃惊了。她的眼睛睁得大大的，说道：

"亨利，那难道真是你的钱吗？你是不是在对我撒谎呢？"

"亲爱的，一点不错，我是撒了谎。可是你会原谅我，我知道。"

她把嘴噘成个半圆形，说道：

"可别自以为太有把握了。你真是个淘气鬼——居然这么骗我！"

"哦，你回头就会把它忘了，宝贝，你回头就会把它忘了。这不过是开开玩笑，你明白吧。好，我们走吧。"

"等一会，等一会！还有那个职位呢，你记得吧。我要给你一个职位。"我那位先生说。

"啊，我真是感激不尽，"我说，"可是我现在实在不打算要一个职位了。"

"在我的委任权之内，你可以挑一个最好最好的职位。"

"多谢多谢，我从心坎里谢谢您；可是我连那么一个职位都不想要了。"

"亨利，我真替你难为情。你简直一点也不领这位老好先生的情。我替你谢谢他好吗？"

"亲爱的，当然可以，只要你能谢得更好。且看你试试你的本领吧。"

她向我那位先生走过去，坐到他怀里，伸出胳膊抱住他的脖子，对准了他的嘴唇亲吻。于是那两位老先生哈哈大笑起来，可是我却莫名其妙，简直可以说是吓呆了。波霞说：

"爸爸，他说在你的委任权之内无论什么职位他都不想要，我觉得非常委屈，就像是……"

"我的宝贝，原来他是你的爸爸呀！"

"是的，他是我的继父，世界上从来没有过的最亲爱的爸爸。那天在公使家里，你不知道我的家庭关系，对我谈起爸爸和亚培尔伯伯的把戏如何使你烦恼和着急的时候，我为什么听了居然会笑起来，现在你总该明白了吧？"

这下子我当然就把老实话说出来，不再开玩笑了，于是我就开门见山地说：

"哦，我最亲爱的先生，我现在要收回刚才那句话。您果然是有一个职位要找人担任，而这正合我的要求。"

"你说是什么吧。"

"女婿。"

"好了，好了，好了！可是你要知道，你既然从来没有干过这个差事，那你当然就没有什么特长，可以符合我们合同的条件，所以……"

"让我试一试吧——啊，千万答应我，我求您！只要让我试三四十年就行，如果……"

"啊，好吧，就这么办。你要求的只是一桩小事情，

— 121 —

叫她跟你去吧。"

快活吗，我们俩？翻遍整本大辞典也找不出一个字眼来形容它。一两天之后，伦敦的人们知道了我在那一个月之中拿那张一百万镑的钞票所干的种种事情以及最后的结局，大家是否大谈特谈，非常开心呢？是的。

我的波霞的父亲把那张帮人忙的、豪爽的钞票拿回英格兰银行去兑了现。银行随后注销了那张钞票，并当作礼物送给他，他又在我们举行婚礼时转赠给我们。从此以后这张钞票就给配了镜框，一直挂在我们家里最神圣的地方，因为它给我招来了我的波霞。要不是有了它，我就不可能留在伦敦，不会在公使家里露面，也根本就不会和她相会。所以我常常说："不错，那分明是一张一百万镑的钞票，不容置疑；可是它流通以来只用过一次，而这一次我只不过花了十分之一的价钱就把它弄到手了。"

（张友松　译）

狗的自述

一

　　我的父亲是个"圣伯尔纳种"，我的母亲是个"柯利种"，可是我是个"长老会教友"。我母亲是这样跟我说的。这些微妙的区别我自己并不知道。在我看起来，这些名称都不过是些派头十足可是毫无意义的字眼。我母亲很爱这一套。她喜欢说这些，还喜欢看到别的狗显出惊讶和忌妒的神气，好像在惊讶她为什么受过这么多教育似的。可是这其实并不是什么真正的教育，不过是故意卖弄罢了：她是在吃饭的屋子里和会客室里有人谈话的时候在旁边听，又和孩子们到主日学校去，在那儿听，才把这些名词学会的。每逢她听到了一些深奥的字眼，她就翻来覆去地背好几遍，所以她能把它们记住，等后来在附近一带开起讲学问的会来，她就把它们搬出来唬人，叫别的狗通通吃一惊，而且不好受，从小狗儿一直到猛狗都让她唬住了，这就使她没有枉费那一番心血。要是有外人，他差不多一定要怀疑起来，他在大吃一惊、喘过气来之后，就要问她那是什么意思。她每次都答复人家。这是他绝没有料得到的，原来他以为可以把她难住；所以她给他解释之后，他反而显得很难为情，虽然他原来还以为难为情的会是她。其他的狗都等着这个结局，而且很高兴，很替她得意，因为他们都有过经验，早知道结局会是怎样。她把一串深奥字眼的意思告诉人家的时候，大家都羡慕得要命，随便哪只狗也不会想到怀疑这个解释究竟对不对。这也是很自然的，因为第一呢，她回答得非常快，就好像是字典说起话来了似的，还有呢，他们上哪儿去弄清楚这究竟对不对呀？因为有教养的狗就只有她一个。后来我长大一些的时候，有一次她把"缺乏智力"这几个字记熟了，并且在整整一个星期里的各种集会上拼命地卖弄，使人很难

受、很丧气。就是那一次，我发现在那一个星期之内，她在八个不同的集会上被人问到这几个字的意思，每次她都冲口而出地说了一个新的解释，这就使我看出了她与其说是有学问，还不如说是沉得住气，不过我当然并没有说什么。她有一个名词经常现成地挂在嘴上，像个救命圈似的，用来应付紧急关头，有时候猛不提防她有了被冲下船去的危险，她就把它套在身上——那就是"同义词"这个名词。当她碰巧搬出几个星期以前卖弄过的一串深奥的字眼来，可是她把原来准备的解释忘到九霄云外去了的时候，要是有个生客在场，那当然就要被她弄得头昏眼花，过一两分钟之后才清醒过来，这时候她可是调转了方向，又顺着风往另外一段路程上飘出去了，料不到会有什么问题，所以客人忽然招呼她，请她解释解释的时候，我就看得出她的帆蓬松了一会儿劲（我是唯一明白她那套把戏的底细的狗）——可是那也只耽（dān）搁（gē）了一会儿——然后马上就鼓起了风，鼓得满满的，她就像夏天那样平静地说道，"那是'额外工作'的同义词"，或是说出与此类似的吓坏人的一长串字，说罢就逍遥自在地走开，轻飘飘地又赶另一段路程去了。她简直是非常称心如意，你知道吧，她把那位生客摔在那儿，显得土头土脑、狼狈（bèi）不堪，那些内行就一致把尾巴在地板上敲，他们脸上也改变了神气，显出一副欢天喜地的样子。

关于成语也是一样。要是有什么特别好听的成语，她就带回一整句来，卖弄六个晚上、两个白天，每次都用一种新的说法解释它——她也不得不这么办，因为她所注意的只是那句成语；至于那是什么意思，她可不大在乎，而且她也知道那些狗反正没有什么脑筋，抓不着她的错。咳，她才真是个了不起的角色哩！她这一套弄得非常拿手，所以她一点也不担心，她对于那些糊涂虫的无知无识，是有十分把握的。她甚至还把她听到这家人和吃饭的客人说得哈哈大笑的小故事也记住一些；可是照例她老是把一个笑话里面的精彩地方胡凑到另外一个里面去，而且当然是凑得并不合适，简直莫名其妙；她说到这种地方的时候，就倒在地板上打滚，大笑大叫，就像发了疯似的，可是我看得出她自己也不明白为什么她说的并不像她当初听见人家说的时候那么有趣。不过这并不要紧；别的狗也都打起滚来，并且汪汪大叫，个个心里都暗自为了没有听懂而害臊（sào），根本就不会猜想到过错不在他们，而是谁也看不出这里面的毛病。

从这些事情，你可以知道她是个相当爱面子和不老实的角色；可是她还是有些长处，我觉得那是足以与她的缺点相抵的。她的心眼儿很好，态度也很文雅，人家有什么对不住她的事，她从来就不记恨，老是随随便便不把它放在心上，一下子就忘了；她还教她的孩子们学她那种好脾气，我们还从她那儿学会了在危急的时候表现得勇敢和敏捷，决不逃跑，无论是朋友或是生人遭到了危险，我们都要大胆地承当下来，尽力帮助人家，根本不考虑自己要付出多大的代价。而且她教我们还不是光凭嘴说，而是自己做出榜样来，这是最好的办法，最有把握，最经得起考验。啊，她干的那些勇敢的事和漂亮的事可真了不起！她真能算是一个勇士；而且她还非常谦虚——总而言之，你不能不佩服她，你也不能不学她的榜样；哪怕是一只"查理士王种"的长耳狗和她在一起，也不能老是完全瞧不起她。所以，您也知道，她除了有教养而外，还是有些别的长处哩。

二

后来我长大了的时候，我就被人卖了，让别人带走，从此以后就再也没有看见过她了。她很伤心，我也是一样，我们俩都哭了；可是她极力安慰我，说是我们生到这个世界上来是为了一个聪明和高尚的目的，必须好好地尽我们的责任，决不要发牢骚，我们碰到什么日子就过什么日子，要尽量顾到别人的利益，不管结果怎样；那不是归我们管的事情。她说凡是喜欢这么办的人将来在另外一个世界里一定会得到光荣和漂亮的报酬，我们禽（qín）兽虽然不到那儿去，可是规规矩矩过日子，多做些好事情，不图报酬，还是可以使我们短短的生命很体面和有价值，这本身就可以算是一种报酬。这些道理是她和孩子们到主日学校去的时候随时听到的，她很用心地通通记在心里，比她记那些字和成语都更加认真；而且她还下了很深的工夫研究过这些道理，为的是对她自己和对我们都有好处。你可以从这儿看得出她脑子里虽然有些轻浮和虚荣的成分，究竟还是聪明和肯用心思的。

于是我们就互相告别，含着眼泪彼此最后看了一眼。她最后嘱咐我的一句话——我想她是特意留在最后说的，好叫我记得清楚一些——是这样的："为了纪念我，如果别人遇到危险的时候，你就不要想到自己，你要想到你的母亲，照她的办法行事。"

你想我会忘记这句话吗？不会的。

三

那真是个有趣的家呀！——我那新的家。房子又好又大，还有许多图画和精巧的装饰，讲究的家具，根本没有阴暗的地方，处处美丽的色彩都被充分的阳光照得鲜亮；周围还有很宽敞的空地，还有个大花园——啊，那一大片草坪，那些高大的树，那些花，说不完！我在那儿就好像是这一家人里面的一分子，他们都爱我，把我当成宝贝，而且并没有给我取个新名字，还是用我原来的名字叫我，这个名字是我母亲给我取的——爱莲·麦弗宁——所以我觉得它特别亲爱。她是从一首歌里找出来的。格莱夫妇也知道这首歌，他们说这个名字很漂亮。

格莱太太有三十岁，她非常漂亮、非常可爱，那样子你简直想象不出；莎第十岁，正像她妈妈一样，简直是照她的模样做出来的一份娇小可爱的仿制品，背上垂着赭（zhě）色的辫子，身上穿着短短的上衣；娃娃才一周岁，长得胖胖的，脸上有酒窝，他很喜欢我，老爱拉我的尾巴，抱我，并且还哈哈大笑地表示他那天真烂漫的快乐，简直没有个够；格莱先生三十八岁，高个子，细长身材，长得很漂亮：头前面有点秃，人很机警，动作灵活，一本正经，办事迅速果断，不感情用事，他那副收拾得整整齐齐的脸简直就像是闪耀着冷冰冰的智慧的光！他是一位有名的科学家。我不知道科学家是什么意思，可是我母亲一定知道这个名词怎么用法，知道怎么去卖弄它，叫别人佩服。她会知道怎么去拿它叫一只捉耗子的小狗听了垂头丧气，把一只哈巴狗吓得后悔它不该来。可是这个名词还不是最好的；最好的名词是实验室。要有一个实验室肯把所有的狗脖子上拴着缴税牌的颈圈都取下来，我母亲就可以组织一个托拉斯来办这么一个实验室。实验室并不是一本书，也不是一张图画，也不是洗手的地方——大学校长的狗说是这么回事，可是不对，那叫作盥（guàn）洗室；实验室是大有区别的，那里面搁满了罐子、瓶子、电器、五金丝和稀奇古怪的机器；每个星期都有别的科学家到那儿去，坐在那地方，用那些机器，大家还讨论，还做他们所谓什么试验和发现；我也常常到那儿去，站在旁边听，很想学点东西，为了我母亲，为了好好地纪念她，虽然这对我是件痛苦的事，因为我体会到她一辈子耗费了多少精神，而我可一点也学不到什么；无论我怎么努力，我听来听去，根本就一点也听不出所以然来。

平时我躺在女主人工作室的地板上睡觉，她温柔地把我用来当作一只垫脚凳，知道这是使我高兴的，因为这也是一种抚爱；有时候我在育儿室里待上个把钟头，让孩子们把我的头发弄得乱蓬蓬的，使我很快活；有时候娃娃睡着了，保姆为了娃娃的事情出去几分钟，我就在娃娃的小床旁边看守一会儿；有时候我在空地上和花园里跟莎第乱跳乱跑一阵，一直玩到我们都筋疲力尽，然后我就在树荫底下的草地上舒舒服服地睡觉，同时她在那儿看书；有时候我到邻居的狗那儿去拜访拜访他们——因为有几只非常好玩的狗离我们不远，其中有一只很漂亮、很客气、很文雅的狗，他是一只卷毛的"爱尔兰种"猎狗，名字叫作罗宾·阿代尔，他也和我一样，是个"长老会教友"，他的主人是个当牧师的苏格兰人。

我们那个人家的仆人都对我很和气，而且很喜欢我，所以，你也看得出，我的生活是很愉快的。天下再不会有比我更快活、更知道感恩图报的狗了。我要给自己说这种话，因为这不过是说的事实：我极力循规蹈矩，多做正经事，不辜负我母亲的慈爱和教训，尽量换取我所得到的快乐。

不久我就生了小狗娃，这下子我的幸福可到了极点，我的快乐简直是齐天了。它是一个最可爱的小家伙，走起路来一摇一摆的，身上的毛长得又光滑、又柔软，就像天鹅绒似的，小脚爪长得非常特别、非常好玩，眼睛显得非常有感情，小脸儿天真活泼，非常可爱；我看见孩子们和他们的母亲把它爱得要命，拿它当个活宝贝，无论它做出一种什么绝妙的小动作，他们都要大声欢呼，这真使我非常得意。我好像觉得生活实在是太痛快了，一天到晚老是……

随后就到了冬天。有一天我在育儿室里担任守卫。这就是说，我在床上睡着了。娃娃也在小床上睡着了，小床和大床是并排的，在靠近壁炉那一边。这种小床上挂着一顶很高的罗纱尖顶帐子，里外都看得透。保姆出去了，只剩下我们这两个瞌睡虫。燃烧的柴火迸出了一颗火星，掉在帐子的斜面上。我猜这以后大概是过了一阵没有动静，然后娃娃才大叫一声，把我惊醒过来，这时候帐子已经烧着了，直向天花板上冒火焰！我还没有来得及想一想，就吓得跳到地下来，一秒钟之内就快要跑到门口了；可是在这后面的半秒钟里，我母亲临别的教训就在我耳朵里响起来了，于是我又回到床上。我把头伸进火焰里去，衔住娃娃的腰带把他拉出来，拖着他往外跑，我们俩在一片烟雾里跌倒在地下；我又换个地方把他衔着，拖着那尖叫的小家伙往外跑，一直跑出门口。跑过过道里拐弯的地方，还在不停地拖，我觉得非常兴奋、快活和得意，可是这时候主人的声音大嚷起来：

"快滚开，你这该死的畜生！"我就跳开来逃避；可是他快得出奇，一下就追上了我，拿他的手杖狠狠地打我，我这边躲一下，那边躲一下，吓得要命，后来很重的一棍打在我的前左腿上，打得我直叫唤，一下子倒在地下，不知怎么办；手杖又举起来要再打，可是没有打下来，因为保姆的声音拼命地嚷起来了："育儿室着火啦！"主人就往那边飞跑过去，这样我才保住了别的骨头。

真是痛得难受，不过没有关系，我一会儿也不能耽搁；他随时都可能回来；所以我应用三条腿一瘸（qué）一瘸地走到过道的那一头，那儿有一道漆黑的小楼梯，通到顶楼上去，我听说那上面放着一些旧箱子之类的东西，很少有人上那儿去。我勉强爬上楼，然后在黑暗中摸索着往前走，穿过一堆一堆的东西，钻到我所能找到的一个最秘密的地方藏起来。在那儿还害怕，真是太傻，可是我还是害怕；我简直怕得要命，只好拼命忍住，连小声叫唤都不敢叫一声，虽然叫唤叫唤是很舒服的，因为，您也知道，那可以解解痛。不过我可以舔一舔我的腿，这也是有点好处的。

楼下乱哄哄的，一直持续半个钟头的工夫，有人大声嚷，也有飞快跑的脚步声，然后又没有动静了。总算清静了几分钟，这对我的精神上是很安慰的，因为这时候我的恐惧心理渐渐平静下来了；恐惧比痛苦还难受哩——啊，难受得多。然后又听到一阵声音，把我吓得浑身发抖。他们在叫我——叫我的名字——还在找我哩！

这阵喊声因为离得远，不大听得清楚，可是这并没有消除那里面的恐怖成分，这是我从来没听到过的最可怕的声音。楼下的喊声处处都跑到了：经过所有的过道，到过所有的房间，两层楼和底下那一层以及地窖通通跑遍了；然后又到外面，越跑越远——然后又跑回来，在整幢（zhuàng）房子里再跑过一遍，我想大概是永远永远不会停止的。可是后来总归还是停止了，那时候顶楼上模模糊糊的光线早已被漆黑的暗影完全遮住，过了好几个钟头了。

然后在那可喜的清静之中，我的恐惧心理慢慢地消除了，我才安心睡了觉。我休息得很痛快，可是朦胧的光线还没有再出来的时候，我就醒了：我觉得相当舒服，这时候我可以想出一个主意来了。我的主意是很好的；那就是，走后面的楼梯悄悄地爬下去，藏在地窖的门背后，天亮的时候送冰的人一来，我就趁他进来把冰往冰箱里装的时候溜出去逃跑；然后我就整天藏着，到了晚上再往前走；我要到……唉，随便到什么地方吧，只要是人家不认识我，不会把我出卖给我的主人就行。这时候我几乎觉得很高兴了；随后我忽然想起：咳，要是丢掉了我的小仔仔，活下去还有什么意思呀！

这可叫人大失所望。简直没有办法；我明白这个情形；只好待在原来的地方；待下去，等待着，听天由命——那是不归我管的事情；生活就是这样——我母亲早就这样说过了。后来——唉，后来喊声又起来了。于是我一切的忧愁又回到心头。我心里想，主人是决不会饶我的。我不知道究竟是干了什么事情，使他这么痛恨、这么不饶我，不过我猜那大概是狗所不能理解的什么事情，人总该看得清楚，反正是很糟糕的事吧。

他们老在叫了又叫——我好像觉得叫了好几天好几夜似的。时间拖得太久，我又饿又渴，简直难受得要发疯，我知道我已经很没有劲了。你到了这种情形的时候，就睡得很多，我也就大睡特睡起来。有一次我吓得要命地醒过来——我好像觉得喊声就在那顶楼里！果然是这样；那是莎第的声音，她一面还在哭；可怜的孩子，她嘴里叫出我的名字来，老是夹杂着哭声，后来我听见她说：

"回我们这儿来吧——啊，回我们这儿来吧，别生气——你不回来，我们真是太……"这使我非常高兴，简直不敢相信自己的耳朵。

我感激得什么似的，突然汪汪地叫了一声，莎第马上就从黑暗中和废物堆里一颠一颠地钻出去，大声嚷着让她家里的人听见，"找到她啦，找到她啦！"

以后的那些日子——哈，那才真是了不得哩。莎第和她母亲和仆人们——咳，他们简直就像是崇拜我呀。他们似乎是无论给我铺一个多好的床，也嫌不够讲究；至于吃的东西呢，他们不给我弄些还不到时令的稀罕野味和讲究的食品，就觉得不满意；每天都有朋友和邻居们成群地到这儿来听他们说我的"英勇行为"——这是他们给我所干的那桩事情取的名称，意思就和"农业"一样。我记得有一次我母亲把这个名词带到一个狗窝里去卖弄，她就是这么解释的，可是她没有说"农业"是怎么回事，只说那和"壁间热"是同义词。格莱太太和莎第给新来的客人说这个故事，每天要说十几遍，她们说我冒了性命的危险救了娃娃的命，我们俩都有火伤可以证明，于是客人们就抱着我一个一个地传过去，把我摸一摸、拍一拍，大声称赞我，您可以看得出莎第和她母亲的眼睛里那种得意的神气；人家要是问起我为什么瘸了腿，她们就显得不好意思，赶快转换话题，有时候人家把这桩事情问来问去，老不放松她们，我就觉得她们简直好像是要哭似的。

这还不是全部的光荣哩；不，主人的朋友们来了，整整二十个最出色的人物，他们把我带到实验室里，大家讨论我，好像我是一种新发现的东西似的；其中有几个人说一只畜生居然有这种表现真是了不起，他们说这是他们所能想得起的最妙的本能的表现；可是主人劲头十足地说："这比本能高得多；这是理智，有许多人虽然是因为有了理智，可以得天主的拯救，和你我一同升天，可是他们的理智还不及命中注定不能升天的小畜生这么个可怜的傻东西哩。"他说罢就大笑起来，然后又说："咳，你看看我吧——我真是可笑！好家伙，我有了那么了不起的聪明才智，可是我所推想得到的不过是认为这只狗发了疯，要把孩子弄死，其实要不是这个小家伙的智力——这是理智，实在的！——要是没有它的理智，那孩子早就完蛋啦！"

他们翻来覆去地争论，我就是争论的中心和主题，我希望我母亲能够知道我已经得到了这种了不起的荣誉；那一定会使她很得意的。

然后他们又讨论光学，这也是他们取的名词，他们讨论到脑子受了某种伤是不是会把眼睛弄瞎这个问题，可是大家的意见不一致，他们就说一定要用实验来证明才行；其次他们又谈到植物，这使我很感兴趣，因为莎第和我在夏天种过一些种子——你要知道，我还帮她挖了些坑哩——过了许多天，就有一棵小树或是一朵花长出来，真不知怎么会有这种事情；可是竟有这么回事，我很希望我能说话——那我就要把这个告诉那些人，让他们看看我懂得多少事情，我对这个问题一定会兴头很大；可是我对于光学并不感兴趣；这玩意儿怪没有意思，后来他们又谈到这上面的时候，我就觉得很讨厌，所以就睡着了。

不久就到了春天，天气很晴朗，又爽快，又可爱，那位漂亮的母亲和她的孩子们拍拍我和小狗娃，给我们告别，他们出远门到亲戚家去了。男主人没有工夫陪我们，可是我们俩在一起玩，日子还是过得很痛快，仆人们都很和气，和我们很要好，所以我们一直都很快活，老是计算着日子，等着女主人和孩子们回来。

后来有一天，那些人又来了，他们说，现在要实验，于是他们就把狗娃带到实验室里去，我也就用三条腿瘸着走过去，心里觉得很得意，因为人家看得起小狗娃当然是使我高兴的事。他们讨论一阵之后就开始实验了，后来小狗娃忽然惨叫了一声，他们把它放在地下，它就一歪一倒地乱转，满头都是血，主人拍着手大声嚷道：

"你看，我赢啦——果然不错吧！他简直瞎得什么也看不见啦！"

他们大家都说：

"果然是这样——你证明你的理论了，从今以后，受苦的人类应该感谢你的大功劳，"他们把他包围起来，热烈地和他握手，表示感谢，并且还称赞他。

可是这些话我差不多都没有听见，因为我马上就往我的小宝贝那儿跑过去，到它所在的地方和它挨得紧紧的，舐（shì）着它的血，它把它的头靠着我的头，小声地哀叫着，我心里很明白，它虽然看不见我，可是在它那一阵痛苦和烦恼之中，能够感觉到它的母亲在挨着它，那对它也还是一种安慰。随后不久它就倒下去了，它那柔软的鼻子放在地板上，它安安静静的，再也不动了。

一会儿主人停止了讨论，按按铃把仆人叫进来，吩咐他说："把它埋在花园里远远的那个犄角里。"说罢又继续讨论，我就跟在仆人后面赶快走，心里很痛快、很轻松，因为我知道小狗娃这时候已经睡着了，所以就不痛了。我们一直走到花园里最远的那一头，那是孩子们和保姆跟小狗娃和我夏天常在大榆树的树荫底下玩的地方，仆人就在那儿挖了一个坑，我看见他打算把小狗娃栽在地下，心里很高兴，因为它会长出来，长成一个很好玩、很漂亮的狗，就像罗宾·阿代尔那样，等女主人和孩子们回家来的时候，还要妙不可言地叫他们喜出望外；所以我就帮他挖，可是我那只瘸腿是僵的，不中用，您知道吧，您得使两条腿才行，要不然就没有用。

仆人挖好了坑，把小罗宾埋起来之后，就拍拍我的头，他眼睛里含着泪，说道：

"可怜的小狗儿，你可救过他的娃娃的命哪。"

我已经守了整整两个星期，可是他并没有长出来！后一个星期里，有一种恐惧不知不觉地钻到我心里来了。我觉得这事情有些可怕。我也不知道究竟是怎么回事，可是这种恐惧叫我心里发毛，仆人们尽管拿些最好的东西给我吃，可是我吃不下；他们很心疼地抚爱我，甚至晚上还过来，哭着说："可怜的小狗儿——千万不要再守在这儿，回家去吧；可别叫我们心都碎啦！"这些话更把我吓坏了，我准知道是出了什么毛病。我简直没有劲了；从昨天起，我再也站不起来了。最后这个钟头里，仆人们望着正在落山的太阳，夜里的寒气正在开始，他们说了一些话，我都听不懂，可是他们的话有一股使我心里发冷的味道。

"那几个可怜的人啊！他们可不会想到这个。明天早上他们就要回家来，一定会关心地问起这个干过勇敢事情的狗儿，那时候我们几个谁有那么硬的心肠，能把事实告诉他们呢：'这位无足轻重的小朋友到了那不能升天的畜生们所去的地方去啦。'"

（张友松　译）

图书在版编目（CIP）数据

威尼斯的小艇 / （美）马克·吐温著；张友松等译
. -- 武汉：长江文艺出版社，2021.6（2022.12 重印）
ISBN 978-7-5702-1280-4

Ⅰ. ①威… Ⅱ. ①马… ②张… Ⅲ. ①散文－美国－
近代②短篇小说－小说集－美国－近代 Ⅳ. ①I712.64
②I712.44

中国版本图书馆 CIP 数据核字 (2021) 第 066025 号

策划编辑：朱　焱
责任编辑：梁碧莹　　　　　　　　责任校对：毛季慧
整体设计：一壹图书　　　　　　　责任印制：邱　莉　杨　帆

出版：长江出版传媒　　长江文艺出版社
地址：武汉市雄楚大街 268 号　　　邮编：430070
发行：长江文艺出版社
http://www.cjlap.com
印刷：武汉中科兴业印务有限公司

开本：640 毫米×970 毫米　　　1/16　　印张：9.5　　　插页：4 页
版次：2021 年 6 月第 1 版　　　2022 年 12 月第 3 次印刷
字数：63 千字

定价：22.00 元